マジカル★エクスプローラー

エロゲの友人キャラに転生したけど、ゲーム知識使って自由に生きる２

入栖

角川スニーカー文庫

22062

Character キャラクター

Magical Explorer 2

瀧音幸助

たきおとこうすけ

ゲーム『マジエク』に登場する友人キャラ。しかし中身はエロゲが大好きな日本人。特殊な能力を持っている。

リュディ

リュディヴィーヌ・マリー＝アンジュ・ド・ラ・トレーフル

エルフの国『トレーフル皇国』皇帝の次女のお嬢様。ゲーム『マジエク』パッケージに写るメインヒロイン。

水守雪音

みずもりゆきね

『マジエク三強』とも呼ばれる、公式チートキャラの一人。風紀会の副会長を務める。

花邑毬乃

はなむらまりの

ゲームの舞台となるツクヨミ魔法学園の学園長。ゲームではあまり登場せず、謎の多い人物だった。

花邑はつみ

はなむらはつみ

花邑毬乃の娘で瀧音幸助のはとこ。基本的に無口で感情があまり顔に出ない。ツクヨミ魔法学園の教授。

クラリス

クラリス

リュディのボディガード兼メイドのエルフ。真面目で主人に忠実で失敗を引きずりやすい。

聖伊織

ひじりいおり

ゲーム版『マジエク』の主人公。見た目は平々凡々。だが育てればゲームで最強のキャラになった。

三会

学園内で大きな権力を持つ生徒会、風紀会、式部会の総称。入会できるのはごく一部のエリートのみで、会員は実力者揃いである。

生徒会

学園祭や魔法大会なんかのイベントを計画実行する組織で、生徒達の模範になっている。

—

所属メンバー

・会長
モニカ・メルツェーデス・フォン・メビウス

・副会長
フランツィスカ・エッダ・フォン・グナイゼナウ

風紀会

学園内の風紀を守る為に活動している組織。暴力的な問題事があった際には主に風紀会が動き解決に導く。

—

所属メンバー

・隊長（会長職）
ステファーニア・スカリオーネ

・副隊長（副会長職）
水守雪音

式部会

生徒会の活動に関しての監査や不信任案を出す事が出来る組織ではあるが、実際に活動しているかは不明。

—

所属メンバー

・式部卿（会長職）
ベニート・エヴァンジェリスタ

・式部大輔（副会長職）
姫宮紫苑（ひめみやしおん）

一章　ごきげんよう、ツクヨミ魔法学園

「んもぉー！　あなたたち、何でこんなことをしたんですか?!」

「すみません……閉まっていたので飛び越えました……」

マジエク主人公である聖(ひじり)伊織(いおり)は肩を落としてしょんぼりとそう言った。

まあ、あんまり乗り気じゃない伊織に無理矢理(むりやり)門を飛び越えさせ、降りた途端に見つかって怒られたなら、そりゃ気も落とすであろう。まあ俺のせいです。

「いや、先生。彼を許してやってくれませんか？　自分が無理矢理誘ったんですよ」

完全に俺の巻き込まれであるし、彼には後でしっかり謝らなければならないだろう。

ルイージャ先生は薄いピンク色の髪を指で流すと、庇(かば)う俺を足下から頭のてっぺんまで訝(いぶか)しげに見る。

「確かに彼は反省しているように見えますが……あなたは反省されているのですか？」

「もちろんじゃないですか」

肩をすくめながらそう言うも、逆効果だっただろうか。その目はまるで胡散臭いセールスを見るようだ。

「本当に反省してるんですか……？　お名前はなんですか」

「もしかしたら連絡が来ているかもしれないんですけど、瀧音幸助と申します」

ルイージャ先生は連絡という言葉に反応し、首をカクンと傾ける。そして何かに思い当たったようで、パッと笑みを浮かべた。

「ああ、あなたが瀧音君ですね♪　伺ってます伺ってますよ。遅れると……って、じゃあなんで門を飛び越えるんですかっ⁉」

全くもって仰るとおりである。

そこに門があるからだなんてアホなことを言って誤魔化すか。先生に注意されたかった、だなんて本当の事を言おうか。それはド変人かド変態として見られること請け合いである。

……妙案ではなかろうか？

「うううぅ、はぁふ。もういいです……あなたたち、どこへ行けば良いか分かりますか？」

「いやー申し訳ないんですけど分からないです」

「まあ、ここにいる時点でそうですよね……じゃあ簡単に説明します」

説明を終えると、なんだか疲れた様子で去っていくピンク髪の先生。

確かに怒られてはいたのだが、それよりもルイージャ先生に会えた喜びの方が大きい。

そして根本的にだが怒られて心の表面上に張られているスミマセンという罪悪感と、奥底に滲んでいる不気味な快感が混ざりあい、如何ともしがたい気分になっている。

訓練された変態紳士は罵倒さえも快感に変えるのだろう。絶対口には出せない。

ふと伊織を見つめれば、どうやら先生の言葉で反省したのか、意気消沈気味である。反省と同時に元気になった俺とは正反対だ。

俺の快感の為に犠牲となってしまった彼にほんの少し申し訳なさがある。

「悪いな巻き込んじまって」

「え、うん。あんまり気にしてないから大丈夫だよ」

ホントか？　そんなことを思ってしまう。

彼から視線を外すと、校舎を視界に入れる。

そびえるあの校舎には、リュディがいるだろう。先輩もいるだろう、ヒロイン達がいるだろう。

彼女たちの姿を思い浮かべてふと我に返ると、自分の胸が一杯になっている事に気がついた。

「楽しみだよな……なあ、伊織は楽しみじゃないか？」

「楽しみ？」

「ああ、俺はさ、とてつもなく楽しみなんだ」

この学園を見て、彼女たちを思い浮かべて、決意と同時にワクワクしている。

「考えてもみろよ？　俺たちはたった今、魔法学園での生活が始まったんだぜ？」

多分ここに来る者は一人一人違った理由がある。違った目標があるだろう。もし目標があるのならば、その一歩を踏み出すのだ。

「俺はさ、普通の奴らからしたらおかしな目標を、叶うことのないとか言われるかもしれない大きな目標を持ってここに来たんだ」

この魔法学園で多くの人は目標への道を進むのだろう。多くの人にとっては魔法使いへの第一歩だ。一部は冒険者への第一歩かもしれない。あるいは研究者への第一歩かもしれない。

俺が踏み出すのは最強への第一歩だ。

皆を幸せへ導くための大切な第一歩だ。

これから大きなハードルが幾つも立ちはだかるだろう。それはハードルではなく山かもしれない。それは富士山クラスではなく、エベレストクラスの。いや、大気圏すら突破するくらいのことをしなければ、越えられないかもしれない。

でもそんなもの、乗り越えてしまえば良いのだ。今俺は、門が閉まっていたが乗り越えて学園に踏み出した。ほとんどの人がしたことのない一歩でもかまわない。たとえそれで

怒られようが評価が下がろうがかまわない。俺はリュディや先輩やヒロイン達の為に、最強になるのだ。

「お前はどうだ？　ここには何か目的があって来たんだろ？」

「僕は……一応目標はあるけれど」

いや、この言葉は早計だったかもしれない。彼はまだこの学園で何も経験していないのだ。それでいて俺が欲しいいくつかの言葉など出るわけがない。

「おう、すまん。出会ったばかりの奴に話すことじゃなかったかもな」

「ううん。でも言いたいことはなんとなく分かるかもしれない」

そう言って彼は真剣な表情で学園を見つめる。そんな彼を見ていると、校門での出会いを思い出す。

「俺はさ、なんか運命を感じてるんだ」

「運命？」

振り返る伊織を見て頷（うなず）いた。

「そう、運命だ。これから俺は最強になるために、道を駆け上がっていくんだ。それでな、その中でお前と一緒に走るような、それでいて最後に立ちはだかるような……おいおい、そんな真剣な顔でこっち見るなよ。なんだか恥ずかしくなってきたぜ。告白するならもっとムードあるとこでしないと駄目だぜ」

「ちょ、ちょっと僕は告白しないよ、むしろ告白のような事をしているのは瀧音君じゃないかっ⁉」

「ははっすまん、なんだか恥ずかしくなっちまってな。それと俺の事は瀧音じゃなくて幸助で良いぜ」

手を差し出すと、彼はそれに合わせた。

「よろしく頼むぞ」

「……うん、よろしくね。幸助君」

そして俺が学園を見ると、伊織もつられて学園を見る。

「さ、そろそろ行こうか。どうせなら、一緒に一歩踏み出そうぜ」

「一緒に？　まあいいけれど」

「よしよし。じゃあ行くぜ、せーのっ」

俺の大股（おおまた）一歩。伊織の小股一歩。俺たちは学園へ一歩踏み出す。

さあ、俺は来た。

マジカル★エクスプローラーの舞台。ツクヨミ魔法学園。

ゲームの主人公はトラブルメーカーかトラブルに巻き込まれる体質である事が多い。

理由は明白である。そうでなければストーリーが単調で味気ない物になるからだ。もしイベントもなくただ淡々と過ごすだけであれば、最初は楽しいかもしれないが不意に俺は何をしているのだろうと、我に返るのではなかろうか。

それはマジエクも例外ではない。主人公伊織は巻き込まれ体質である。

俺はドアの取っ手ではなく、その横にあった魔法陣に手を触れる。すると魔法陣は光り輝き、ゆっくりドアがスライドする。最初に目が合ったのは教師だった。それから教室中の視線が一斉にこちらに向く。

「すみません、遅れました」

「聞いてるわ、瀧音君と聖君ね。席について」

どうやら名前順のようだ。俺は割り当てられた自分の席に向かおうとして、リュディがいることに気がついた。

ぱくぱくと口が動く。察するに、何遅れてんのよ、とかそんな事を言っているんだと思う。一応メッセージを送ったはずなんだが。

俺が着席して目が合ったモブに声をかけようとした瞬間、後ろから叫び声が聞こえた。

「あぁ！　あのときの変態っ!?」

「あっ、君は朝のっ！」

一人の女性と、我らが主人公の聖伊織が指を差し合っている。どうやら朝の衝突イベントはキッチリ行ったらしい。

さて、マジエクにおいてシナリオに登場するメインキャラクター達と、シナリオには絡まず通りすがりとして登場する、いわゆるモブキャラクターを見分ける方法は非常に簡単である。それは服を見れば良い。

マジエクにおいてモブキャラクターと主人公は制服をキッチリ着る。しかしストーリーに絡むキャラクター達は一部例外を除き何らかのアクセントがある。

例えば瀧音幸助。うぇーいキャラで内心はドロドロ不幸少年のファッションはチャラい。リュディヴィーヌ・マリー＝アンジュ・ド・ラ・トレーフルこと、トレーフル皇国皇帝の次女であり美しいエルフでもあるリュディは、制服が根本的に違う上に耳飾りをつけている。

さて、先ほどからマジエク主人公と言い争っている彼女はどうだろうか。着崩した制服を見るだけでシナリオに絡むキャラクターだと分かるだろう。

「たっぷりバターを塗ったパンだったのに、どうしてくれんのよ！」

「いや、君からぶつかってきたんじゃないかっ！」

無論マジエクを何周したか分からない俺にとって、憤っている彼女の事が分からないわ

けがない。現代では希少種といえる、パンを咥えて走る美少女だ。また伊織と衝突して咥えていたパンを落とす美少女でもある。さらに自身のスカートがめくれ、伊織の頭が突っ込むという珍事？　悲劇？　すら起こす美少女だ。まあ、エロい『珍事』は『エロゲではよくあるシチュ』とも言うが。

　さて未だ伊織と言い争っているメインヒロイン、加藤里菜は憤慨していた。

「それにアタシの…………じっくり見てたでしょ、このド変態！」

「ご、ごごごご誤解だ！　じっくりなんて見ていないよ⁉」

　ゲーム通りであれば、その発言は嘘である。彼はしっかり見たし、俺は今でもその一枚絵を鮮明に思い出せるし、シマシマである。

「静かにしなさいっ！」

　と教師の鶴の一声でその場は収まった。俺は注意される二人を尻目に、後ろに座る彼に声をかける。

「なあ、自己紹介ってもう終わった？」

　どうやらまだ終わってないらしい。俺は近くに座るマックス君やピンク髪のユリアーナさん、そして栗色の髪のニコレッタさん達に軽く話しかけてみた。なぜかは分からないが、彼らは俺に対してよそよそしい。

　ホームルームと自己紹介が終わり、簡単な席替えを行った。それは視力が悪い人を優先

的に前に座らせるためである。どうやらこの新入生達はやる気に満ちあふれていて、たいていの人が前を希望した。

教師は前列用のくじと後列用のくじを作っていたようで、席なんてどうでも良かった俺は、人気のない後列のくじを引く。リュディや伊織も後列のくじを引いたようである。

くじに書かれていた席は、面白いことにゲームと同じ席だった。寝ていてもばれないゴールデンスポットとされる、窓際一番後ろ……から一つ前だ。ゴールデンスポットには伊織が座る。主人公がそこに座るのはなんだかしっくりくる。

また、伊織の隣もゲームと同じ人物だった。

「なっ……!?」

「はっ……!?」

伊織はパン少女、もといメインヒロインの一柱であり、紳士淑女からカトリナと呼ばれていた加藤里菜と見つめあう。そして二人は同時に視線をそらし、それぞれ席に着く。着席も同時とか息がぴったりすぎて思わず笑ってしまった。カトリナに睨まれたため、すぐに笑いを引っ込めたが。

さて、何らかの強制力が働いて全員がゲームと同じ席順になるのかとも思ったが、そうではないらしい。

「あら、ごきげんよう」

「ごきげんよう、リュディ」

最近毎日見ているエルフが俺の席の前にやってくると、興味がなさそうにそんな挨拶(あいさつ)をした。そして俺は人生二度目のごきげんようを返す。

さて、昨日花邑(はなむら)家の夕飯時に『私、学園では猫被(かぶ)るから』だなんて言っていたが、どうやら本当に猫を被るらしい。

リュディはゲームにおいて、男性に対してとても淡泊であり、どこかつきはなすような対応を取る。ただその冷淡な対応を取る原因となった事件はしっかり解決したはずだから、する理由は分からない……まあ機会があれば理由を聞いてみよう。

「ごきげんよう、よろしくね」

リュディは隣に座るモブの女子生徒に笑顔で挨拶する。リュディの前に着席した彼(モブ)は、天使(リュディ)の笑顔に脳天を打ち抜かれ、のどちんこが見えるほどのマヌケ面をさらしてしまっている。

そんな彼に、リュディが興味のなさそうな態度で挨拶するのを見ながら、ゲームのことを思い出す。

本当ならリュディは遅れてきた新入生という事で、主人公の席から一つ後ろに席が追加され、そこに座るはずだったのに。

「まさか、前がリュディになるなんてな……」

と俺がぼそりと呟くと、どうやら聞こえていたようで、リュディは目が笑ってない笑顔でこちらを向いた。

「あら、私では不満かしら」

俺は首を振る。

「いいや、むしろ願ったり叶ったりだよ。お美しいリュディ殿下をいつでも眺めていられる上に、博識な貴殿にご教授願えるし、なにより……」

と少しだけ体を寄せ、耳元で囁くように言う。

「帰りにラーメン食いに行こうって気軽に誘えるからな」

もちろん他の人に聞かれないように小声である。別に恥ずかしがる事でも無いと思うが、彼女は気にしている。

「……バカ」

まるでため息を漏らすように、小さな声でそう呟いた。俺以外には聞こえなかっただろう。

「さあ、みんな席に着いたな」

先生の声に皆が黙り前を向く。どうやらこれから学園を案内してくれるらしい。

入学式と学校案内を終え、授業概要などを簡単に説明されると、入学一日目の学園は終

わりだった。初日だからこんなものなのだろう。

今回不安視していた、広大な学園で迷子になってしまう可能性は低そうだった。移動はもっぱら転移魔法陣で、余計なところへ歩いて行かなければ迷う可能性はない。

また、幾人かと話して分かった事であるが、どうやら俺は少し近寄りがたい雰囲気があるらしい。どうも俺の服装やら態度が自由過ぎるのが原因だとか。

「じゃあね、ニコレッタさんにマックス君、ユリアーナさん」

ニコレッタさんとマックス君とは普通に話せるようになったが、ユリアーナさんはまだ少しよそよそしさがある。


帰ると言っていたリュディと合流し、イベント盛りだくさんだった桜道を歩いて行く。

「今日って……初日よね、仲良くなるの早くない？」

迎えに来たクラリスさんと俺しかいないためか、被っていた猫はどこかへ行ったらしい。

褒めてるのか、拗ねてるのか、羨んでいるのか判断が付かない微妙な言葉だ。

「まだ挨拶程度の仲だろ。いずれもう少し仲良くなりたいがな」

「私には難しそうだわ……信頼出来そうな人は見つかるかしら……」

そう言ってぼんやりと桜を見つめる。

信じていた仲間のエルフ男に裏切られたからだろうか。どこか気弱だ。

「おいおい、俺はリュディを信頼してるぞ？」

「分かってるわよ、幸助のことは……私も信頼してるし。それ以外にってことよ」

ならばさっさと信頼できそうな人と仲良くなって紹介すべきか。いや、記憶が確かなら、女生徒限定ではあるが仲の良い人物は勝手に出来るはずだ。また一学年上だが、水守雪音先輩と邂逅しているし、現時点で言っても信頼できる人はゼロではない。

家に到着するとリュディの連れてきたらしいエルフ美女が出迎えてくれた。聞くところによるとこの家の近くにメイド達用の家を借りたらしい。入れ替わりで来るのだとか。どうやら毬乃さん達はまだ学園で仕事をしているようだ。

俺は動きやすい服に着替えると、明日使う荷物を今のうちに準備する。そして窓の先に見える雲一つ無い空をぼうっと見つめていたが、なんとなく外に出ないのはもったいない気がして、普段より少し早いがランニングに行くことにした。

走りやすいとは言えない坂道を登り滝の裏まで走るも、先輩はその場に居なかった。俺はそのまま滝から引き返し、走りやすいランニングコースへ戻る。

何十周走っただろうか。くたくたになった頃、滝のところで型の訓練をしようと戻ると、先輩は薙刀を振っていた。俺は邪魔にならないよう、少し離れたところで第三、第四の手の訓練をした。

「学園初日はどうだった？」

訓練を終えストールのベンチに横になっていると、先輩が声をかけてくる。ポニーテールにしていた髪を崩し、いつものさわやかな笑顔を浮かべていた。

「まあ……遅刻しました」

「おいおい、寝坊か？」

「いえ、人助けですよ人助け。もし先輩の目の前に困っている人が居たら助けるでしょう？」

美少女だったらなおさらだ。残念だが今回はお歳を召した男性であったが。顎に手を当て、ふむと先輩は頷く。

「そうとも限らないのではないか？」

「先輩は絶対にそうです。というより現に俺が色々助けられましたし」

水守先輩の正義感は、マジエクキャラの中でも非常に高いだろう。

「それにしてもびっくりしましたよ。学園の施設充実しすぎじゃありませんか？」

第一魔法訓練場、第二魔法訓練場、第三魔法訓練場、体育館、第二体育館、第一武道館、第二武道館、第三武道館、そして全校生徒を余裕で収容できる円形闘技場。さらにこの学園の特色とも言える三つのダンジョン。またいくつもある研究室には、学園生だけでなく研究員もいるとか。

「まあ学園を卒業しても、研究室やダンジョンや転移魔法陣の関係上、学園に来る者は多

いからな。私も進路によっては卒業してもここに来るかもしれない」

むしろここに来ない可能性の方が低いくらいだ、と先輩は笑う。確かにこの環境はすばらしいの一言だ。

「なるほど……卒業と言えば、先輩はダンジョン攻略は順調なんですか」

「ああ、このペースならすぐにでも卒業資格を得る階層まで潜れるだろう。ただ、学園最速記録は難しいだろうな」

「そうですね、最速記録は俺になりますし」

先輩は汗を拭きながらにやりと笑う。

「言うじゃないか」

そう言って俺の背中をドンと叩く。先輩は信じてなさそうだけど、冗談で言ってるわけではないんだがな。

先輩は俺から視線を外し、地面を見つめる。そして小さく息をつくと真剣な表情で俺の瞳をじっと見つめた。

「なあ瀧音、少し聞いても良いか？」

「……なんですか？」

「真面目な話だ」

真剣な表情の先輩を見れば、それは理解できた。

「まず前提として私は君に悪い感情を持っているわけではない」

「……もしかして好きって感情ですか？」

「ば、馬鹿者。真剣な話だと言ってるだろうっ！」

「いや、個人的には結構大切な……いえ、なんでもありません、すみません」

顔を真っ赤にして本当に慌てている先輩は素敵だ。しかしこれ以上は止めておこう。本当に真面目な話のようだから。

「……ま、まったく。あまり先輩をからかうな。それで、本当に真面目な話なんだ」

そう言って咳払いし、少し間を置いて口を開く。

「君は何を知っているんだ？」

その言葉の意味を考える時間が必要だった。

「リュディの件ですか？」

「主に言えば……そうだ。でも厳密に言えばそれだけではない」

意味を知っても、ゆっくり咀嚼(そしゃく)する時間とどう答えるか考える時間が必要だった。

先輩の視点から俺を見れば、よく考えなくてもおかしな行動をしているのは間違いない。

俺にはマジカル★エクスプローラーの知識があって、それを利用していたのだから。リュディの一件では、より思うところがあっただろう。

突拍子もなく誰も知らないような事をさらりと言う俺にいったいどんなことを感じただ

ろうか。

出来ることなら先輩に本当の事をすべて話してしまいたい。しかしそれを今話して良いものだろうか。いやあれだけのことがあったのだ。だからこそ……。

「いや、すまなかった」

沈黙する俺に先輩の口から発せられた言葉は、追及の言葉ではなかった。俺に対する謝罪だった。目尻(めじり)を下げ優しく微笑んで謝罪したのだ。

そんな先輩の姿を見て、思わず苦笑してしまった。

「……先輩って、いつ女神に転職したんですか？」

「ふふっ何を言ってるんだ君は……女神だなんて恐れ多いよ」

「先輩が女神じゃなかったら、誰も女神なんてやれはしませんよ」

先輩は笑っているが、個人的には偽りのない事実だと思う。

「すまない。私はただ少し気になっただけなのだ。瀧音が悪事に手を染める人間ではないことは知っている。リュディの件でもそうだった」

「先輩……」

「信頼しているんだ。本当はそれだけで十分なのだ」

ああ、先輩はやっぱり先輩だ。最初から好きだった。でもこうやって話していく度に更に先輩の良いところを知って更に先輩を好きになっていく。

「先輩が謝る必要なんて全くないですよ」

「瀧音？」

「以前の……リュディの件で俺の行動には思うところがあったかと思います。だからお話ししたいです。もう少しだけ、もう少しだけ待って頂けませんか？」

「もちろんだ。実は元々デリケートな問題だとは思っていたのだ。話しにくいことを聞いているのは理解している。ただ……」

そう言って先輩は俺の肩に手を乗せた。ほんの少し汗ばんだ白い腕と、太陽に照らされた先輩の笑顔が……それこそまぶしい笑顔が俺の視界と脳に入り込んでくる。

「いつでもいい。もし何かあったなら私に言って欲しい、私は君の力になりたいと思う」

「先輩……」

先輩にはまだまだ勝てなそうだと思った。しかしそれではいけないのだ。

肩に乗せられた先輩の手を取る。そして両手で包む。

「ありがとうございます先輩。でもそれは俺も同じ気持ちですよ。以前言ったかもしれないですけど、俺も先輩の力になりたいんです」

そう、強くなりたいと思っている先輩の力になりたい。今の悩みを解決させ、更に輝いた先輩になって欲しい。マジエク最強の伊織、それに並び立てる力を持つ初代聖女、モニカ会長、彼女らに並び立つ先輩に。

そして俺はそれを超える。守るために。


魔法学園の授業形式は、一般的な学校と比べれば特殊である。

午前中には一般教養を含む必須(ひっす)科目を行い、午後に応用科目という選択授業を受けることが出来る。また実はこの授業も必ず出席しなければならない、というわけではない。

また驚くことに、応用科目も必須科目も、進級や卒業に必須な単位ではない。もし必須科目の単位を落としても、ダンジョン単位を得れば卒業できる。また逆にダンジョン単位を落としても必須科目の単位を取っていれば進級、卒業は可能だ。

「だからといって必須科目をおろそかにしていいという理由にはならない。なぜならダンジョン単位を得るのは難しいからだ」

そう教師は言いながら、手に持ったペンで六十という数字を書く。

「ツクヨミ学園ダンジョン六十層、コレが君たち学園生が目指す階層だ」

ゲームにおいて学園ダンジョン六十層攻略は、バッドエンディングを迎えないために必要なことである。それも三年終了時に攻略していなければバッドエンドがほぼ確定し、メインヒロインとどんなに仲良くなっていたとしても、一人辺境で仕事をする孤独エンディングである。もっとも悪魔と手を組むエンディングでは、六十層を攻略していなくても孤

独じゃないエンディングを迎えられるが。まあ、もし伊織がそのエンディングに向かうならば、俺が全身全霊で止める。

「三年卒業時までに六十層を攻略できる生徒は、約五十パーセントだ。つまり半数の生徒しか攻略できていない」

さて、俺はどれぐらいまでにダンジョン六十層を目指すべきか。もしゲームの一周目を普通に進めるならば、二年に上がった直後もしくは一年の終わりで攻略出来ているだろう。二周目であれば、初めて学園ダンジョンに潜った時に到達するはずだ。主人公を超えるのであれば、遅くとも一年のうちに攻略し終えていたい。

しかし俺の目標は主人公を超えることだけではない。ヒロインにハッピーエンドを迎えて貰う（もら）ことだ。そこは履き違えてはいけない。それを考えれば一年の内にツクヨミ学園ダンジョンを攻略しなければならない。

いや、ヒロイン全員と考えればむしろすべてのイベントを一年以内に納めるつもりでなければならない。

「初めから研究者になるつもりの者であれば、六十層を目指さない事もある。しかし私は研究者になるとしても、ダンジョン六十層は目指すべきだと思う。なぜならダンジョン攻略ではこちらで研究しているだけでは得られないものもたくさん得られるからな」

そう言って教師はペンを置いて生徒達を見回す。

「まあ、要するにどちらもこなしておけということだ。理想はどちらも合格点に達しろ。就職の際に役立つからな。ああ、魔法騎士団に入りたくばどちらも達成していなければならないからな。注意しろ」

窓に寄り掛かりながら、ちらりと伊織の顔をのぞき見る。いつ見てもパッとしないエロゲ主人公顔だ。彼は俺の視線に気がつかないくらい、真剣に教師の話を聞いていた。

彼が真剣に聞いている理由は多分ゲームと一緒だろう。ゲームの伊織は幼少期にとある事件で魔法騎士団に助けられた事があり、それが切っ掛けで魔法騎士団に憧れ、学園に入ったはずだ。騎士団の話になれば真剣にもなる。俺だってエロゲの話になれば真剣になってしまう。

「さて、君たちにはこのダンジョンに入る前に、学園が管理している初心者向けダンジョンに入ってもらう」

初心者向けダンジョンは、全十一層の小さいダンジョンだ。普通に攻略するならば、十層で終了だが、ある条件を満たせばエクストラフロアである十一層が解放される。

「ダンジョンに入るのは五日後だ。詳しい準備については後日連絡する。覚悟だけはしておけ」

そういえばこの世界でのエクストラフロアや隠しダンジョンに関する扱いはどうなっているのだろうか。解放条件が分かり次第公開されているのか、それとも基本的に黙秘され

ていて、一部の人にしか伝えられていないのか。実は誰にも知られていないのか。

少し調査が必要かもしれない。

と、考えを巡らせていると、授業終わりのチャイムがスピーカーから鳴り響く。今日はこの後に体力測定があったはずだ。ゲームではとても、とても、とてつもなく、重要なシーンの。

「真剣な顔をして、どうかしたの？」

伊織がこちらの顔を見ながらそう言った。

「いや、少し考え事をしてただけだ」

伊織は「行こうよ」とドアを指差す。俺は立ち上がり伊織の横に並んだ。

さて、どうすべきか。体力測定と言えば、ゲームでは下着姿のヒロイン達が三人称多元視点（神視点）によって描写され、ＣＧをゲット出来るとても重要な場面だ。出来ることなら俺も一枚絵……ではなく、実際にこの目に焼き付けたい。いや無理なのだが。

「くっ……ままならないな」

「？」

依然として疑問符を浮かべている伊織を見てふと思った事を聞いてみる。

「なあ、伊織はどんな女の子が好きなんだ？」

「えっ、いきなりどうしたの？」

「いや、これから体力測定があるだろ？　なら女子の着が……ゲフン、女子の運動能力が見れるわけだ。どうせだったら自分の好きな子を見てみたいと思わないか？」

「えっ、まずは自分が良い成績を取ることを考えないかな？」

これはちょっと真面目過ぎないか。

「まあまあ、ほらウチのクラスって可愛い奴がめちゃくちゃいるだろ？　委員長になった彼女とかさ、リュディだって可愛いし」

メイン、サブヒロインとして仲間になるキャラはクラスに複数人いる。彼は現状誰が気になっているのか一ゲーマーとして知りたいところだ。

「確かに委員長も、トレーフルさんも可愛いよね」

伊織は二人を視界に入れながら、そんな事を呟く。

「だろっ？　もし気になる女の子がいれば俺に言えよ？　血液型から好きな食べ物、趣味まで何でも教えてやるぜ？　もちろんタダとは言わないが」

と、俺は右手で丸を作る。

「お金を……取るの？」

「まあ情報の重要性次第だな。好きな食いもんとか少し調べりゃ分かる簡単なのなら、ジュースとか食券で手を打つ。血液型とかならタダで良いぜ？　ちっと踏み込まないと手に入れられない情報はもうちょい貰う。まあやべえ個人情報は知ってても教えられないが」

ゲームの瀧音幸助も同じような事をしていたな。魔石やお金なんかと引き換えに、ヒロイン達との好感度を教えてもらえたが、いったい彼はどうやってその情報を知り得ていたのかが疑問だ。ゲームならではの設定だと思う。

「お、お金かぁ」

なんだか伊織は悲しそうに呟く。そういえば主人公は初期には金がほとんど無かったはずだ。まあゲーム終盤や二周目なんかはそれなりに持っているだろうが。まあ三周目まではなんだかんだで消費するから、金を腐らせるのは四周目からか。

「ま、お前ならお友達割り引きとして初回だけタダで良いぜ。そうだな、食券一枚分の情報までなら教えてやる」

と無駄話をしながら着替えると、体力測定のある会場へ足を向けた。まあ普通よりも良い成績になったと思う。

二章 美少女遊戯(エロゲ)学園の劣等生

マジエクにおいて瀧音幸助(たきおとこうすけ)は劣等生である。

もちろん『彼は遠距離魔法が不得意だから劣等生』というわけではない。たとえ魔法が苦手でも、特殊な魔法具が開発できれば学園から表彰されるし、教師として雇われる。認められるところはしっかり認められるのだ。

ではなぜ瀧音幸助は劣等生扱いだったか。それは単純に脳筋（脳みそまで筋肉）で学力が低いからである。また脳エロ（脳みそまでエロス）でもある。

「やっべぇな」

どうやら俺はゲームと同じように劣等生の可能性がある。ちなみに脳エロは否定どころか自覚している。

「さっぱり分からない」

基礎数学、語学はなぜか……というよりエロゲありがちの現代日本と変わりがない物であったため、こんなのあったなと進められていた。しかし魔法に関する知識や歴史に関し

ては、俺の頭は中学生どころか小学生レベルであるようだ。むしろ小学生以下の無知なんて箇所もある。

「どうかされまして？」

目の前に座るリュディが声をかけてくる。元々高貴な身分のため、口調が丁寧でも違和感がないはずなのだが……最近は砕けた口調だったせいかコレじゃない感がはんぱない。

「いや、自分の学力の無さに愕然(がくぜん)としていただけだ」

と言うかこの世界の歴史がやばい。何がやばいかって武将やら英雄やらの八割が美女ってのがまたエロゲらしさがある。いや、エロゲに迷いこんでしまったんだったな！

「へぇ」

と、にやりと笑みを浮かべながら俺を見つめるリュディ。何を考えているか分からないが、なんとなく良いことではなさそうな気がする。

「まあ、学問に関しては姉さんも居るしなんとかなるだろう」

自宅に教師がいるという幸運に感謝して、しっかり利用させて貰おう。姉さんは快く引き受けてくれると信じてる。

そういえばと伊織(いおり)とメインヒロインであるカトリナ(加藤里菜)に視線を向ける。

伊織の顔を見る限りでは、彼は何ら問題は無さそうに見える。ゲームと同じように初期学力は普通なのだろう。

しかしカトリナは別だ。公式が映されているディスプレイを見て、まるで蛇に睨まれたカエルのように微動だにしない。

「どうやら伊織は俺の味方ではなかったようだ」

「えっ、いきなりどうしたの」

「俺の心の友はカトリナのようだ」

と言うとカトリナは「はぁ……？」と半分魂が抜けた状態で返事をする。

「アンタ、カトリナって……まあそっちはべつにいいケド、心の友ってなによ？」

カトリナ呼ばわりは別に良いようだ。いつもそう呼んでいたから、許可いただけるのはありがたい。

「もし赤点を取るときは一緒だぞ！」

俺はカトリナの肩を叩き、頷きながらそう言った。

「なっ、アタシは取らないわよっ！　確かに頭のできが少し悪いことは認めるケド」

だんだんと声が小さくなっていくカトリナ。少しどころじゃないんだよなぁ。

「しかし俺達にも救いはある！」

「ねえ、アンタ……瀧音幸助つった？　アタシの話聞いてないわよね？」

近くにいたリュディの背を軽く叩く。

「こちらにおわすリュディヴィーヌさんに教えを請おうじゃないか。大丈夫だ、彼女は俺

達とはできが違う！　コレで安泰だ」

「やっぱりアンタ聞いてないわよね？　さりげなくアタシのこともバカって言ってるわよね？」

「わたくしが教えることは確定しているのですね、まあカトリナさんに教えるのは構いませんが……」

俺はダメなのかよ。まあ、別に本当に教えを請おうと思っていたわけではないから、別に構わない。本当の目的は、リュディがカトリナとさっさと仲良くなって貰う事だ。この二人と、サブヒロインによって引き起こされるイベントの一つは伊織にとって有用だ。俺にとってはいろんな意味で害悪だが。

さて、場を無理矢理(むりやり)作ったため、いきなり仲良くなるのは難しいと思っていた。しかしその考えとは裏腹に、彼女達はすぐに打ち解けていった。すでに恐る恐るの会話から少し気軽な感じの会話に変わっている。それはカトリナがざっくばらんな人間であるのも理由の一つだろう。とても話しやすいのだ。正直言えば俺も彼女と話すのは楽しい。うてば響くというか、ボケればしっかり返してくれる奴だからな。

まあ仲良く話していると言っても、リュディの口調は相変わらずお嬢様だ。ただ、いずれ取り繕わなくなる日も来るだろう。

後は……と伊織を見つめる。

ん？　と可愛らしい声を上げる彼は机の荷物を片付けており、移動する準備を始めていた。物語の主人公のクセして、なんとも頼りない奴である。いやエロゲには頼りない主人公が氾濫しているから普通なのか。

　しかし俺は伊織に強くなって貰う。全ヒロインをハッピーエンドに導くためにも。


　伊織たちと移動した第一魔法訓練場では学園生達が各々得意な武器を持ち、無駄話に興じていた。その生徒達の中で、伊織の視線がやけに引っかかる部分を見てみる。その先にはサブヒロインである委員長が居た。

「ははん？　わかったぜ、いいんちょが気になるんだろ？」

「なっ、そ、そんな事無いよっ！」

　伊織の声に反応して、何人かの人がこちらを見る。いいんちょもその一人だ。

「バカっ、声がでけえ。ちょっとこっち来い」

　俺が手招きすると彼は訝しげに俺の顔を見ながら、言われたとおり近づいてきた。

「いいんちょこと日暮　楓ちゃんの事が気になるんだろ。いやぁ、お前はお目が高い。もしランクをつけるとすればB＋は堅いな」

「いいんちょって……委員長じゃないの？　それにランクって……何？」

　いいんちょはいいんちょだろ？　どうしてそう呼ばれるに至ったかはアレだが、エロゲ

プレイヤーはそう呼んでた。

ランクについては実は俺もよく分からない。ゲームの瀧音幸助が勝手に言ってたヤツだ。多分女性を総合的に見て評価したんだと思う。彼の独断と偏見が混じってそうだ。

「いいんちょって、すげーしっかり者だろ？　なんでも家庭がちょっと大変だったらしくてな、家事とか妹の面倒を見ていたらしい」

いいんちょは父子家庭だ。妹さんが物心つく頃に母を亡くし、忙しく働く父を見て、私がなんとかしなきゃと思ったらしい。

それから家庭では家事全般を引き受けたり、妹の面倒を見ていたとか。妹の面倒を見ていたおかげか、面倒見が良く、クラスメイトの勉強を見てあげたりしたとか。欠点を挙げるとすれば、天然というか、変なやらかし癖があることだ。ゲームではデートに色違いの靴下で来る奇跡を起こしたりする。伊織はファッションでわざとやってると思ってたが。

まあ、詳しい話は仲良くなって自分で聞いてくれ。

「趣味は見た目通り読書。んで子供が好きで……いやこれ以上は食券だな」

「そ、そうなんだ。それにしても学園って始まってまだ一週間ぐらいだよね……どこでその情報を？」

俺はとりあえず笑っておく。そして、

「企業秘密だ。まあもっと知りたくなったら食券を用意するか、直接仲良くなれよ」

どこで知ったかなんてマジエクに決まっている。まあ、これくらいの情報はエロゲ界のデータベースと呼ばれた俺には当然だ。まあそれはどうでも良いか。いいんちょ紹介したし、他にも何人かかるく紹介しておくか。

「さて、ついでだし高ランクのクラスメイトを何人か紹介しておくか」

と視線をカトリナ達に向ける。すると伊織も視線を同じ方向に向ける。

「じゃあ次はカトリナだな」

と、目に見えて機嫌を悪くする伊織。

個人的に伊織はカトリナとくっつくと思ってるんだが。マジエクではよっぽどのことが無い限りカトリナは攻略出来たし。むしろ特殊なルートを選ばない限り、攻略出来なかったことがない。チョロインなんて言われてたしな。

「おいおい、そんな顔すんなよ？　スポーツ万能、話しやすい、そしてなにより凄くカワイイからな。クラスでもクラス外でも狙ってる奴が居るぜ？　な、お前らもそう思うだろ？」

と俺は無理矢理話を振る。振られた彼らは少し驚きながら口を開いた。

「まぁ確かにカワイイと思うぜ？　だけど俺的には隣に居るエルフが気になるかな？」

オレンジ色の頭をかいて、彼はそう言った。彼はワイシャツを着ずに、オレンジ色のシャツを着て、首には魔石の付いたペンダントのような物をしている。

「ええと、その……僕は加藤さんの方が気になるかな、ただリュディヴィーヌさんも色んな意味で気になるんだけど……」

一緒に居たもう一人の男は眼鏡を上げながらそう言う。彼は群青色の髪の毛が目を隠すくらいに前髪が長いが、前は見えるのだろうか。というか前髪が長すぎて前髪に眼鏡をかけているように見える。一昔前のエロゲ主人公みたいな髪型だ。

「そーか？　ま、どちらにしろもう少し年を取って欲しいよなぁ」

「ええと、長い付き合いだけど君の性癖は未だに理解できないよ。僕はその……小柄でかわいらしい女性も良いと思うよ。リュディヴィーヌさんも良いんだけどね。聖君もそう思うでしょう？」

と前髪は言うと伊織は頷いた。

「うん、まあ。二人とも本当にカワイイと思う。僕は特にトレーフルさんが」

伊織はカトリナとはあの一件があったからだろう、少し苦手意識を持っていそうだ。

「ははっ、お前らは高嶺の花狙いなんだな。トレーフル皇帝の次女様狙いか？」

そう言うとオレンジ頭と伊織が驚いたように俺を見る。

「……やっぱりそうだったんだね？」

「そりゃあエルフ、トレーフル姓と来たら、そりゃもう確定だろ？　リュディはマジモンのお嬢様だよ。才色兼備で荘厳華麗なアイツは、知力・魔力・魅力・財力・権力のすべ

てを兼ね備えた、文句なしのS＋クラス美女だ」

と俺が言い切るとリュディが「クシュ」と小さくくしゃみをする。

「隣に居る加藤里菜(カトリナ)は、そうだな、財力・権力・知力は負けるだろうが、美貌(びぼう)と魔力は学園でも有数だろう。またリュディとは違って取っつきやすくて話しやすいから人気があるみたいだな。リュディが近寄りがたい深窓の令嬢ならば、カトリナはクラスのアイドルみたいな感じか？　評価はA＋といったところだな」

悲しいことに胸もA＋なんだよなぁ………カトリナさん、なぜこちらを睨んでいるのでしょう？

何かを感じたのか、カトリナ達がこちらに近づいてくる。横では伊織は身構えており、オレンジと前髪は困惑していた。

「なんだか嫌な感じを受けたわ、何か話してなかった？」

「いや、ウチのクラスには美人が多いなって話だよ」

何事もなかったかのように、そう言ってみた。

「そう、なんだかアンタから嫌な気配を感じたのよね、アンタから嫌な気配を」

二回も言わなくても……。ただ貧乳って思ってただけなんだよ。そういえばカトリナは貧乳を気にしてたか。

「また感じたわ……ていうか目線」

そういえばマジエクでも同じようなやりとりがあった。ゲームではこの後に瀧音幸助が失言をぶっかましてしまうんだよな。カトリナの怒りを買い模擬戦でフルボッコにされる。

と、俺がそんな事を思い出していると、笑顔のカトリナが俺の近くにやってくる。そして肩に手を乗せた。それと同時に俺の肩が悲鳴を上げた。

「へぇ、言いたいことがあるならはっきり言いなさいよ」

「痛い、痛いです！」

ゲームの瀧音幸助はここで貧乳と口に出していたが、俺はそんな馬鹿な事をするわけがない。そんなこと言うなんて失礼である。

「そっか」

と、カトリナは俺の肩から手を離す。そしてにっこり笑った。

「悪いわね、ちょっと疑心暗鬼になってたわ」

俺は襟を直しながら笑みを浮かべる。

「なあに、気にしてないさ」

チョロいな。俺程の紳士（エロゲプレイヤー）ならば、不要なイベントを回避するために、最善の選択肢を選ぶことは造作も無い。たとえそれが初見でも。

ははは、と俺が心の中で笑っていると、不意にカトリナが肩を回す。

「ああ、それにしても……胸が大きいから肩が凝るわね」

思わずまな板に視線を向ける。

「プッ！」

ハッと我に返るも、もう遅い。彼女から怒気……いや、殺気がほとばしり、俺の体を貫いていく。

「………………た、大変だな」

「アンタが何を考えてたかよーくわかったわ。ねぇ……覚悟は出来てるんでしょうね？」

あの冗談はずるいだろう。逃げ出すか、伊織を盾にするか、迷っていたちょうどそのときである。

「授業を始めるぞ！」

教師が席に着けと言ったのは。貴方（あなた）が救世主（メシア）か！

とまた肩に手を乗せられる。すらりと伸びた指に、手入れされた爪。明らかに彼女の手である。しかし今度は手に力がこもっていない。ただ、力はこもっていないが魔力がこもっている。

いや、冷や汗が尋常じゃないぐらい流れ落ちているんだが。

「瀧音。模擬戦、アンタを予約しとくから……分かってるわよね」

正直分かりたくない。

隣に居たリュディはジト目でこちらを見ていたが、カトリナと一緒に皆が集まる方へ歩

いて行った。

その様子を見ていたオレンジは小さく息をつく。

「おい、瀧音大丈夫かよ？　あいつ魔力とか体の動かし方を見た感じだとかなり強そうだぜ？」

伊織も同じ意見なのだろう、悲愴感あふれる顔で俺を見ていた。

「が、頑張って！」

メインヒロインの一柱（ヒトハシラ）であるカトリナは、接近戦闘を主として戦う、盗賊型近距離ファイターである。彼女はメインヒロインらしくかなり優遇されており、攻撃力、防御力、そして回避力がとても良く伸びる上に、覚える魔法や技能も優秀だ。ダンジョンの所々で活躍してくれるし、最初のボスからラスボス、そしてアペンドディスクの隠しボスまで主人公の力になってくれるだろう。

とはいえ、初期能力は高いわけではない。

「準備は良いかしら？」

頷いて俺は準備を終えていたカトリナと相対する。彼女の手には得意武器であるダガーが握られていた。

彼女が初期から強くない理由は序盤に仲間になるからである。まあ当然だろう。いきなり強い仲間がパーティに入ったとして、ゲームが面白くなるだろうか？　いや、ならない。ゲーム初期のカトリナと同じ強さだったら、負ける気はこれっぽっちもしない。

「急に腹が痛くなってきたぜ」


しかしたとえカトリナが俺の想像通りの強さだったとして、俺はここでカトリナに勝利して良いのだろうか？

ゲーム版のマジエクでは、この模擬戦イベントで戦闘のチュートリアルが始まる。クラスメイトのモブを相手に、戦闘画面でのキャラクターの操作の仕方や戦い方を覚えるのだ。そしてそれに勝利したのち、今度は瀧音幸助に勝利したカトリナとの戦いが始まる。

そう、瀧音幸助に勝利したカトリナとだ。

「そ、ならアタシが腹をかっさばいて異常がないか見てあげるわ」

そしてカトリナは伊織と戦い、負けて伊織をライバル認定し切磋琢磨しながら強くなっていった。

「手加減って、素敵な言葉だよな。して貰うのも好きなんだよな」

俺は世界で最強になりたい。しかしそれはヒロインをハッピーエンドに導くためである。

仮にもし彼女たちが強く育ち、俺の助けを必要としなくてもハッピーエンドに至れるならそれはとても良いことである。

そもそもマジエクは発生するイベント数が異常に多い。そのため取捨選択しなければならない。スケジュール的にもヒロイン達全員のイベントに顔を出すのは非常にツライ。もし自力で幸せになってくれる、もしくは伊織やその他ヒロイン達がなんとかしてくれるならば、それはそれで任せてしまいたい。

でもそれは建前だ。俺は強いカトリナを知っているからこそ強くなって貰いたいと思っている。

「手加減ね、考えといてあげるわ……。それにしてもアンタいつまでそのままつっ立ってるのよ、早く武器を出しなさい」

俺がカトリナを好きなのは、その小柄な体型や控えめな胸でもツンデレで実は優しい所でもない。いやもちろんそれらも好きなのだが、一番は違う。

カトリナの魅力的な所はマジエクで一、二を争う負けず嫌いな所だ。マジエクは元々負けず嫌いな女の子が多いゲームではあるが、特にカトリナは目に見えて悔しがり、そして努力して、自らを成長させる女性だ。

「いやこれでいい」

多分楽に勝てるのは今回だけだろう。メインヒロインは可能性の塊だ。簡単に追いつか

れるつもりはないが、追いつく可能性がある。

　だから今圧倒的な勝利をして悔しがらせよう。負けず嫌いを発動させよう。こんな男に負けた、それは今後の彼女に非常に大きな糧となるはずだ。それに、俺は強いヒロインが大好きだ。

　特に強さを求めるキャラクター達、彼女達には絶対に強くなってほしい。そして強くなってほしいのは伊織含む男性キャラもだ。

　とはいえ、俺はその強い彼女たちを超えて最強になるのだが。

　ストールに込める魔力をだんだんと増やしていく。まるで別の生物のようにふわりとストールが浮かぶと、カトリナは両目を見開き驚愕しストールに目線が固定されている。

「いつでも良いぜ」

「…………そう、じゃあ行くわよ」

　そう言うのと同時だった。カトリナは地面を蹴り、一直線にこちらへ来ると逆手に持ったダガーで脇腹を狙って斬りかかってくる。

　それなりの速さ、と言うべきか。先輩に比べたらまだまだで、クラリスさんに比べても遅い。攻撃を防御するために、すぐに第三の手を展開する。

　キィンと金属と金属がぶつかった音が響いた。

　それはダガーと布がぶつかった音ではなかった。しかし、ダガーはストールという布に

弾かれその音を立てたのだ。

カトリナはこのストールの力を理解したのだろう。歯をきしらせ、突き刺さるような視線でこちらを見た。

「…………手加減？　アンタそんなん必要としてんの」

カトリナの雰囲気が変わる。

体全体から発せられる魔力が少しだけ強くなったのを見るに、身体強化の魔法を唱え直したのだろう。

変化したのはそれだけではなかった。彼女の持つダガーはうっすらと黄色い光をまとっていた。ただのダガーでは俺のストールに対抗できないことを察し、何らかの魔法を施したように見える。初期から使えるのだと、切れ味強化の土属性エンチャントだろうか。

その様子をじっと見ていると、彼女から舌打ちが漏れる。

「…………ははっ最悪。いやな予感しかしないっつーの。とんだ狸じゃん」

「狸は飛ばないぜ」

言っている意味は理解していた。しかしわざとそう言っておく。

「チッ。アンタ、アタシがそんな意味で言っただなんて、これっっっっっぽっちも思っていないでしょ？　あーむかつく、こんなのが実力者なんてっ」

ゆらりと彼女の体が横に動く。

「おいおい、こんなのだなんて。これでもちゃんと訓練してんだぜ？」

「それはさっきの一合でよーく分かったわ」

まるで俺を中心に円を描くように彼女は動く。ゆらりゆらりと、まるで肉食動物が獲物を狙うかのように、こちらの様子をうかがいながら鋭い視線を送ってくる。

彼女が一周ちょっとした頃だ。近くで何かが叩きつけられるような音がして、俺は一瞬視線がそちらに向く。どうやらリュディが魔法で相手を伸した時の音のようだった。

「アンタ、素敵なレディを前によそ見するなんて良い度胸じゃない」

声の方に視線を向けると彼女は既に目の前にいた。目を大きく開いた彼女のダガーが……黄色の光をまとった刃がこちらに迫って来ていた。

確かに俺は目を離した。

しかし警戒は怠っていなかったし、クラリスさんや先輩と毎日のように手合わせしている俺からすれば、それは対応できる速さだった。それにいつでも身を守れるよう、既に準備もしていた。

「素敵なレディにしちゃ物騒なモン振り回してんじゃねえか。まあ素敵なレディってとこは否定しないがな」

少し攻撃が重くなっただろうか。第四の手でそれを防ぐと、俺は彼女の腕を取り、第三の手で体を摑み、適当に放り投げる。

彼女は地面に叩きつけられることはなかった。強めに投げたのがあまり良くなかったのだろう。彼女は綺麗（きれい）に地面に着地しすぐさまダガーを構えこちらに走ってくる。

彼女の刃を何度も何度も防ぎ、そして疲れた彼女の脇腹に俺が蹴りを入れると、彼女は大きく後退する。そして、

「ほんっと最悪。屈辱だわ」

そう言って武器を鞘（さや）にしまった。

ダメージはほとんどないはず。だからまだ戦えるはずだった。しかし彼女は理解したのだ。

俺に勝てないということを。

彼女はずんずんと大股（おおまた）でこちらへ歩いてくると、俺をキッと睨みながら言う。

「今日はアタシの負け、でも覚えてなさい」

とす、と軽い衝撃が腹に来る。

「次はアタシが勝つから」

それはカトリナからの宣戦布告だった。

「ふむ、ストール以外に何を持つか、か」

水守(みずもり)先輩は汗で濡(ぬ)れた髪を払うと、手ぬぐいを取りながらふーむふむ言っている。

稽古着(けいこぎ)をまとった先輩は、肩まで伸びた髪をポニーテールにしており、すらりとしたうなじをさらしていた。白くみずみずしいそのうなじは、まるで何かしらの魔法を放っているかのように蠱惑的(こわくてき)で、どうしても視線をそらせない。そらそうと思ってもそらせない。ふれたい。

「非常に難しい問題だな……」

「非常に難しい問題です」

何でこんなに綺麗なのに水守先輩のファンクラブはないのだろう。学園内のいろんな人物に聞いたが、存在は確認できなかった。おかしい。

代わりに確認できたファンクラブはゲームと同じく三つ。

生徒会長の親衛隊(ファンクラブ)ＭＭＭと現聖女の聖騎士隊(ファンクラブ)ＳＳＳ。そして新たに発足されたリュディの近衛騎士隊(ファンクラブ)ＬＬＬ。

いっその事、俺が新たに作ってしまおうか。先例にならってＹＹＹなんてどうだ。会員番号ゼロ番とか憧(あこが)れる。

「選ぶ武器によっては長所を伸ばすことも出来るし、短所を消す事も出来るな」

「……実は武器だけでなく、盾を持つのもありかな、とも考えているんです」

変な妄想をしていたせいで反応が遅れてしまった。

「そうか、自分は盾で身を守ることに注力し、第三の手と第四の手で攻撃する。場合によっては第三の手と第四の手を守りに、まさに鉄壁だな」

ゲームでは弓とかの遠距離武器が装備できないこともあり、一番人気は盾四個持ちの壁役だったしな。しかし今回はゲームではない。装備制限なんて存在しない。自分の弱いところを補うために、弓を持つのも良いだろう。

「私の意見としては、実際に使ってみて使いやすい武器を選ぶことをオススメする」

「やはりそうですか……」

「私の場合は刀術、薙刀術そして少しの弓術を修めているが、幼少期はこれら以外にも色々な物をやらされたよ。一番私の性に合っていたのが薙刀で、一番強かった。モチベーション維持やらでも向き不向きは重要だと思う」

「となると……様々な武器を経験しておいた方が良いって事ですね」

そう言うと先輩は頷く。

「そうだな、私はそう思う。ただ経験したら、早めに使用武器を絞った方が良いかもしれない。すべてを中途半端に習得してしまうのはもったいない」

器用貧乏より特化が良い、か。確かにその通りだよな。

「となると……まずは何でも良いからやってみる事ですかね。しかし、そうなれば何の武器から試していけば良いんだろう？」

オーソドックスに剣か。和風に刀か。リーチを生かした槍か。メイス、斧、弓。

「刀や薙刀であれば私が少し見よう、もっと習いたくなったら道場へ来るといい。そうだな、刀や薙刀はすばらしい武器でな……他の武器に比べて切れ味が格段に良くてな……魔力のエンチャントもしやすくとてもオススメの武器だ。それにだ、刀は盾を持てなくなるため、小手による防御や回避が必要になるのだが、心眼を覚えており第三の手と第四の手が使える瀧音なら弱点をカバーしつつ刀本来の強さを遺憾なく発揮できると私は思っているのだが……どうだろう⁉」

どうだろう⁉　と手を取って言われても……先輩の刀推しが凄い。まあ、どうせなら先輩やクラリスさんの使える武器からにしようと思っていたから、別にいいんだけど。

「そうですね……刀から試してみようかな？」

「ふふ、いつかそう言うと思っていて準備をしていたんだっ！」

そう言ってどこからか木刀を取り出す雪音先輩。と言うか本当にどこから取り出したのだろう？

それにしても嬉しそうな先輩は本当にカワイイよなぁ。今は断らなければならないのが非常に惜しい。

「あの、準備までして貰って非常に嬉しいのですが……今日はこの後学校なので」

先輩は、ああ、分かってるとばかりに頷く。

「そうだな、では放課後から、と行きたいところだが風紀会があるからな……明日の朝からでどうだろう？」

明日の朝ならばもちろん構わない。

「よろしくお願いします」

俺がそう言うと先輩は何かを思い出したかのように手を打ち付けた。

「そういえば……以前言っていたことだが、本当に叶いそうだぞ？」

「ええっと何の話でしたっけ？」

ＹＹＹ発足の話かな？　だとしたらちょっと待てよ。水守雪音ファンクラブを作るにあたって、俺の許可を得ていないよな？　それは許されざる愚行だ。会員ナンバーゼロ番もしくは一番を譲るなら許してやっても構わない。まあ、そんな話なわけないが。

「ダンジョン講習の件でな、どうやら同じパーティを組む事が出来そうだぞ。もちろんリュディもだ」

へえ、と頷く。

「毬乃さんがやってくれたんですか？」

「軽く話は通しておいたのだが、それからすぐだったよ。交ぜておいたわ、とさらりと言われてね」

毬乃さんＧＪ。これで先輩と同じパーティでダンジョンに潜れる。他に加わるパーティ

メンバーによっては、初回十層も夢ではない。

「瀧音は……すごく嬉しそうだな？」

「そりゃそうですよ、先輩と一緒ですからね！」

と言うと先輩は笑みを浮かべて頬をかく。

「お前は、そういったことを普通に……いや何でも無い。そろそろ学校へ行こう」

そう言って踵を返した。確かに一度家に戻ってシャワーを浴びる事を考えれば、時間はぎりぎりだ。

リュディと共に学園に到着し、迎えられたのは好奇の視線だった。それは多分隣にリュディがいるからだろう。同じような状況なら俺も見ていただろうし。

リュディはこういった視線に慣れているのだろうか。まあそもそも彼女は皇女というど偉い立場の女性であり、慣れていなければおかしいとも言えるのだが。

「おはよ」

そんな視線の中で気にせず声をかけてきたのはカトリナだった。

彼女はこの視線に何も思うところはないのか、普通にリュディと会話している。

そして伊織もまた、同じように視線を意に介さなかった。彼は笑顔で俺達に交じると会話に花を咲かせていたが話が長くなりそうだったので、

「それよりも今日は一時限目から移動だろ？　行こうぜ」

と俺は三人を促す。

そのまま四人で歩いていると、不意に前を歩いていたリュディとカトリナが足を止める。

「ん、何？　すすめないんだけど？」

「確かに凄い人混みですね……なぜかしら」

普段はここまで人だかりが出来ることはない。皆すぐに目的地に移動してしまうからだ。

俺は野次馬よろしく、人混みをかき分けその中心に居る人物を見つめる。そして理解した。あのイベントが起こるのだと。

俺は切り開いた道を少し戻り、リュディ達を手招きする。すると一部の生徒がむっとしたが、リュディを見てすぐにその表情を引っ込めた。むしろ率先して場所を確保し始める。多分彼らはＬＬＬのメンバーだ。

俺はリュディ達をよく見えるところに案内すると、顎であっちを見ろと誘導する。

そこには生徒会長であり三強の一人でもあるメインヒロイン、モニカ・メルツェーデス・フォン・メビウスと風紀会会長であり現聖女でもあるヒロイン、ステファーニア・スカリオーネがそろっていた。

「生徒会長と聖女様だ！　三会トップの二人がここに居るぞ」

「ああ、お美しい」

野次馬学園生達は何やらそんな事を話している。俺は何があったかを隣の彼に聞くと教えてくれた。

「ああ、魔法が飛び交う程の喧嘩があってね。それをたまたま通りかかった生徒会長と聖女様が解決してくださったのさ」

さて、これで間違いない。これは主人公がこれから先のシナリオに大きく絡む三会と、メインヒロインに初遭遇するイベントだ。たしか三会について伊織達は知らなかったから、場合によっては教えなければならないだろう。

それにしても一人足りなくないだろうか。男キャラの中では人気のある、式部会のベニート卿が見当たらない。この場面では三人そろわなかっただろうか？　いや三人そろっていた気がするんだが。

と考えていると、噂の彼がこちらに歩いてくるのが見えた。また隣には和服を着た女性が歩いている。彼らが生徒会長達の所へ歩いて行くと、ふさがっていた通路がモーセのように別れ道を作る。つかベニート卿が会長職（式部卿）であるはずなのに、和服が異彩を放つせいで、副会長職（式部大輔）の彼女の方が目立ってる。さすがマジエク一、二を争う着崩し女性。もはや彼女には制服の影も形もない。

「やあ、どうしたんだい？　生徒会長に風紀会長がそろい踏みで」

と、彼の登場で場の空気が変わる。一年生はクエスチョンマークだったが、二、三年生

は彼に怒りの視線を向けていた。

前の男性は舌打ちし、その隣の男性は、クソニートかよ、だなんて言っている。またその近くに居た女性はベニート卿と一緒に現れた女性に冷たい視線を向けていた。

「あら、ベニート君」

「こんにちは、ベニートさん」

「何があったのかな？　凄い人だかりじゃないか」

ベニートはそう言って辺りを見回す。一瞬こちらで視線が止まったような気がしたが、多分リュディだろう。

「ちょっとした諍いから始まった、魔法を使っての喧嘩がおこりまして」

「たまたま居合わせた私と、ステフで解決したってわけ」

そう言ってモニカ生徒会長は肩をすくめる。

「なるほどね。それでこの騒ぎか……」

と、ベニートは再度辺りを見回す。そしてフッと笑うと、

「なんだ時間の無駄をしたんだね、お労しや。僕は疑問だよ。どうして学園は問題児や劣等生を退学させないんだろうって。本当に目障りだ。もう目に付かないよう、田舎に帰って二度とでないでほしいものだよ。僕たちエリートの貴重な時間を潰さないでほしい。ここで野次馬しているのにも目障り君が何人居るだろうか？」

と、彼が言うと生徒会長達の雰囲気が変わる。

「あら、ベニート君、今なんて言ったかな？　失言ってあるわよね、撤回する予定は？」

「そうですね。お言葉が過ぎますよ？」

「だってその通りじゃないか。君らだって思うだろう！　こーんな才能なしの問題児なんてさっさと退学させれば良いのにさ。学もない、魔法も出来ない、家柄が悪い。もうどうしようもないね！」

「そうじゃの、ベニート卿の言うとおりじゃ。下々の猿なぞ切り捨てればよいからに」

辺りの温度が何度か下がったような、そんな雰囲気だった。

「あらあら、ベニートさんに紫苑さん。謝罪してください」

と、先ほどからまともなことを言う聖女を見て、心の中で小さくため息をつく。現在ここに居る主要キャラクターの中で一番ひねくれているのは彼女だ。そして必ず助けたいヒロインの一人であり、それが非常に困難を極めるヒロインの一人でもある。

それを聞いてベニートは悪びれもせず、むしろ笑いを深めた。

「ははははっ、はははははははっはぁーはっはっは。本当のことを言ったまでだろう？」

と、ベニートが言うと、近くに居たつんつん頭の男子生徒が目をつり上げてベニートの下に歩みを進める。つんつん頭の彼は「おいクソニート」と切り出し、言い争いを始めた。

そんな彼らの様子を遠巻きに見ていた男性らは、ぼそぼそ何かを話し始める。

「ちっ。むかつくけど、ニートの実力は本物なんだよな」

「式部会のメンバーはすでに五十層攻略したらしいぜ。三年に至っては六十層を攻略したとか」

「まじかよ、普段あんなに遊んでるってのに?!」

「真面目にやってるのがばからしくなるよなぁ。やっぱ才能なのかな?」

と彼らの会話を聞きながらしていると、不意に肩を叩かれる。

叩いたのはリュディだった。

「ねえ、あの人達って誰かしら。生徒会長は存じ上げておりますがあとのお二方が……それに三会というのも分かれば教えて欲しいのですが」

「なんだ、知らないのか。ってもしかして伊織もカトリナも知らないのか?」

と聞いてみる。多分知らないだろう、だってゲームでは俺がここで説明するんだからな。

案の定、伊織達は知らないようだった。俺は小さく咳払いをして話し始めた。

「この学園にはな、三会っていう、大きな権力を持った組織があるんだ」

と俺はモニカ先輩に視線を向ける。

「一つ、モニカ・メルツェーデス・フォン・メビウス先輩が率いる生徒会。モニカ先輩については入学式の時にでも見ただろ?」

てか俺と伊織は見てないいな。まあいいや。

今度は制服の上に白いローブを羽織ったステファーニア先輩に視線を向ける。

「二つ、ステファーニア・スカリオーネ先輩もとい聖女様率いる風紀会。聖女様ったら当代の聖女様だ。この方こそ説明は不要だよな」

俺と一緒に彼女達の視線が動く。キザっぽそうな彼と、和服美人に。

「三つ、ベニート先輩率いる式部会。あの和装麗人も式部会の幹部だ。ベニート先輩は法国の貴族様らしいぜ」

「貴族、ね。なんか……式部会ってのがどんな組織なのか知らないけど、良い感じを受けないのは確かだわ」

とカトリナ。俺は頷いておく。

「ま、受ける印象は置いといて、これら三会がこの学園を回す上で重要なことのほとんどを決めてるんだ。まあ三会に入会するには魔法使いとして一流でなければならないが。要するにエリートだな。もし将来魔法騎士や宮廷魔法師になりたいだとか、権力のある仕事に就きたいなら、三会を目指すのが良いかもな。聞くところによると、やっべぇ内申点をもらえる上に、企業や国側も相当評価してくれるらしい」

「でも、簡単にはなれないんでしょ？」

「ああ、もちろん。魔法使いとして一流でなければならないし、会によっては別の条件もある。それに人数制限もあるしな。まあ下部組織だったら制限はない。ちなみに式部会に

は下部組織はないぞ。下部組織があるのは生徒会と風紀会だ」

　ゲームでは生徒会と風紀会に入るためには、下部組織からの成り上がりが必要だった。式部会だけはちょっと特殊で、ＲＴＡ(リアルタイムアタック)でもしなければ二周目以降でないと入会出来なかったが。あと隠されているが下部組織もある。

　俺が説明を終えるころ、ベニート達の言い争いは佳境に入っていた。

「おいクソニート……もう一度言ってみろ」

　つんつん頭が親の敵とばかりに睨みつけるも、ベニートは見下すように小さく息をつき、唇の端をつり上げる。

「ああ、言ってあげよう。ダンジョンはまだ攻略出来ない、学力は低い、素行は悪い。ただでさえ目障りなんだから、さっさと辞めて田舎に帰ると良いよ。その方がよっぽど君のタメさ。ははっ、僕ってなんて他人思いなのだろうか！」

　そうベニートが言うと隣にいた和服麗人はまあまあとたしなめる。

「ベニート卿、本当の事であろうが、もう少しオブラートに包んでやったらどうじゃ？」

「いや、はっきり言ってあげた方が彼のためだと僕は思うよ」

　そんな式部会の二人を見て生徒会長は大きくため息をついた。

「式部会は平常運転ね。あなたたちには人間として大切な何かが一部欠落してるようね」

　ベニートの隣に居たお嬢様は、あら、と呟(つぶや)くとにこりと笑い生徒会長に向き合う。ただ、

目は笑ってない。

「ほっ、生徒会長殿。不信任にして差し上げてもかまわぬのだぞ？」

「出来るならどうぞ。私の記憶違いでなければ式部卿（会長）ではなく式部大輔（副会長）の権力では出来ないのじゃなかった？」

「権力で出来なくとも、そなたを公の場で叩きのめして差し上げまする。評判が失墜したそなたが、会長職から転げ落ちる様を観覧させていただこうかの」

「へぇ……紫苑、貴女（あなた）私に勝てるとでも思っているの？　負けて評判が失墜するのは果たしてどちらかしら……あら、既に失墜していたから下がりようがないわね」

二人は笑ってるんだけど笑ってない。これが少年漫画だったらゴゴゴゴゴなんて擬音が描かれ、なおかつ二人の後ろに竜やら鬼やらが描かれてるだろう。

「そろそろ授業が始まりますし、そこまでにしては？」

いつまで続くのだろうかと思われた睨（にら）み合いだったが、聖女ステフの言葉で終わりを告げる。

「フンッ」

二人同時に顔を背けると、紫苑さんは転移魔法陣に入っていく。それを見たベニートは、

「はぁっはっは、また会いましょうステファーニア様」と言って紫苑さんを追いかけ、転移魔法陣に入っていった。つんつん頭は魔法陣へは行かず、出口の方に歩いて行く。

それを見届けた聖女ステフは、

「はい、皆さん。これから授業ですよ？　目的の教室へ移動しましょう」

と集まった人々に解散するように言う。そして彼女もまた魔法陣の中に入り、転移していった。

そして残った生徒会長は聖女と同じ魔法陣に行こうとして、不意にこちらを向いた。そして俺を見てにやりと笑うと転移魔法陣に入っていく。

「ああ、あの人達が三大ファンクラブの……」

「やっぱりステファーニア様は素敵だ。ＳＳＳで良かったぜ」

「あたしはモニカ生徒会長の方がいいわ。なんだかステファーニア様は受け付けないの」

「いや俺は新しく三大ファンクラブの一つになったＬＬＬがいいかな」

と辺りに居た人たちは口々に推しのヒロインを褒める。

その様子を見て伊織は疑問に思ったのだろう。

「ねえ幸助君。三大ファンクラブって何か知ってる？」

俺は、おいおいまじかよ、そんな事も知らねえのかよ、と大げさに驚く振りをして解説を始める。

「そりゃこの学園で人気のある生徒のファンクラブだよ。二つはあそこにそろってただろ？」

　と俺は顎で示す。すると伊織はなるほどと呟いた。

「もしかしてモニカ会長と聖女ステファーニア様？」

「そ。モニカ様の親衛隊(ファンクラブ)MMM。現聖女の聖騎士隊(ファンクラブ)SSSだ」

「ちょっとMMMって何なのよ？　名前の略かしら？　でもそうしたらSSSが分からないし……」

　とカトリナが至極もっともな疑問を持つ。俺も最初モニカ様のファンクラブは名前の頭文字を取ったもんだと思ってたさ。Monika Mercedes von Möbius　モニカ・メルツェーデス・フォン・メビウスだもんな。しかし実際は違うんだよなぁ。

「そりゃMMMは、モニカ様マジモニカに決まってるだろ。ちなみにSSSはステファーニア様すごくステファーニアだ」

「わたくし、意味が理解できないことこの上ありません」

　リュディが狼狽(ろうばい)しながらそんな事を言う。俺も初めて聞いたときは何言ってんだコイツと思ったよ。

「MMM曰(いわ)く、モニカ様はまるで戦女神のように美しく凛々(りり)しいとのことでな。まあそれは分かる。それからな、戦女神はモニカ様だったのでは？　という発想につながって、モニカ様は戦女神だという結論が出たらしい。そんで戦女神？　モニカ様の間違いだろってことになったとか」

「意味が分からないわ……」

「つまりだ。ＭＭＭの連中の言い分としては、モニカという名詞には戦女神という意味が含まれるとのことで、モニカ様マジモニカは、モニカ様マジ戦女神という事だ」

簡単に言えば、モニカ様まじ戦女神（モニカ）ってルビ入れるようなもんなのだろう。多分。

「頭痛が痛いわね……」

カトリナはその言葉をヤ○ーでググってこい。てかブラウザによってはやりようがあるんだよな……。

「ＳＳＳも同じようなもんだ。ＳＳＳの言い分によると、ステファーニアという名詞は大天使という意味があるらしい。つまり」

「ステファーニア様すごく大天使（ステファーニア）ってことなんだね」

「おう、伊織の言うとおりだ」

へぇと納得する伊織。それ納得して良い物だろうか？

「そういえば三大ファンクラブって言ってたわね？　もう一つは何なのよ？」

と言うカトリナの問いに、俺は視線で返す。

「あら、何かしら？」

しかし視線を送った先のリュディは気がついていない。カトリナと伊織は察したようだ。

「はん、なるほどね。妥当だわ。すっごく美人で頭も良いし、魔法も出来る」

「と、いう事だリュディ。頑張れよ」

と俺は無理矢理(むりやり)話を戻す。

「？」

と未(いま)だ理解していない様子の彼女だったが、辺りの反応は顕著だった。こちらを見てぼそぼそと何か話しているのだ。

「俺、やっぱりＬＬＬに行こうかな」

「ああ、あの美しさに高貴さ、何よりエルフの姫ってのがな。くぅぅ最高だぜ」

とだんだんざわめきが広がっていく。そしてようやく彼女が感づき始めたようなので、詳しく教えてやることにした。

「三大ファンクラブ最後の一つはな、最近破竹の勢いで会員数を増やしている、エルフの新星リュディヴィーヌ・マリー＝アンジュ・ド・ラ・トレーフル皇女の近衛騎士隊(ファンクラブ)ＬＬＬ(ラブラブリュディヴィーヌ様)だ。そう、お前のファンクラブだよ」

そう言って肩を叩くと「ふぇっ？」とリュディの口から可愛らしい声が漏れる。

リュディの呆(ほう)けた顔は、一生忘れないと思う。

予想できていた事ではあるが、午後授業は俺にとってほぼ無意味である。講義計画（シラバス）を読んだ限りでは、講義の多くが遠距離魔法を主とした、応用魔法に関してばかりだ。一部には研究を目的とした講義もあったが、ダンジョンでの戦闘に役立ちそうに見えないし、行く気も起きない。そもそも魔法に関しての基礎知識は学園で一番低いと思われる。

ただ、奇跡的に遠距離魔法が使えることになる可能性があるかもしれない。もしくは俺にとって有用な魔法の使い方が見つかるかもしれない！　ということにして、試しに俺の嫁（このゲームだけでも嫁が複数人居る）の講義に出席したものの、成果などほぼなかった。

しかし真の目的である、揺れ動く大きな肉塊と甘ったるい声は、しっかり目と耳の保養になってくれた。非常に満足である。遠距離魔法と素敵なお姉さんだったらどっちが大切かは、言うまでもない。

俺の予想だと男子の半数は書かれた文字ではなく、双丘に目が奪われていただろう。

「はぁい、じゃあぁ実際に打ち込んでみましょう！　慣れてきたら私を呼んでくださいね、テストしまぁす」

チョコレートにはちみつを垂らしたような甘ったるい声を聞いていると、お菓子の家に迷い込んだ気分になる。幸福感を超えて、もはや多幸感すら感じる。

俺の側で一時間くらい愛を囁いてくれないだろうか。いや、愛じゃなくても良い。絵本の読み聞かせでも良い。あまりに美麗な声で、眠気に襲われるどころかドキドキ……。

「あれ、君は……瀧音君？」

「おわぁっ」

「……やっぱり瀧音君ですね」

いつの間にこちらに来たのだろう。ジト目でこちらを見るルイージャ先生。出会いがアレだから、ちょっと変な感情が俺に向かっているのかもしれない。

俺は普通に元気を補充しに来ただけなのに。

「いやぁ実は……遠距離魔法がうまく使えない体質でして」

と言うと泣きぼくろが可愛い顔を傾け、頭にはてなマークを浮かべていた。

「ええっとぉ……」

そう言って先生はツクヨミトラベラーを取り出すと、何かを確認する。覗こうとしたら、

小さい子供を叱るように「メッ」と言われた。ＫＡＷＡＩＩ。あまりのかわいさに世界共通言語を使ってしまった。もう一度聞きたいから、のぞき込んでも良いだろうか？

「……なぁるほど、そうだったのですね」

察するに、彼女が見ていたのは俺の個人情報だろう。

「まあ、そういうことです。もしかしたら何か切っ掛けみたいなのが摑めて、使えるようになるかなと思ったんですが……」

と建前を言う。本心は、先生に会いたかったという理由であり、要因の約九割を占めている。が、口には出さない。

なんてことでしょう！　なんて大げさに反応する先生を見て思わず癒やされる。水守雪音先輩が『燃えてきた、今日一日頑張ろう！』なんて気分にさせてくれるなら、先生は『辛いことがあったけどなんか元気出た、頑張ろう！』とさせてくれるよな。

「オヨヨ、そうなんですね……！　分かりました！　先生が力になります。詳しく教えてください」

俺は言葉で説明をしながら、実際に魔法を撃ってみる。ふとあたりを見ると、同じ講座を選択した生徒達が、こちらを見ていた。それもぼそぼそと何かを話している。

先生を独占していることに嫉妬しているのだろうか。いや、俺ではないからそんな事は無いか。ならば、『なんで遠距離魔法が使えないのに、この応用魔法講座を受講したの

か？』なんて事かもしれない。まあ、どうであれ別段気にする程でもないだろう。次回からは参加しないつもりだし。

「これは……前途多難ですねぇ……」

「前例がないか調べてみたんですけど、似たような症状の初代聖女様も解決できなかったらしいです」

　初代聖女様は回復魔法と強化魔法や結界魔法といった回復・補助・カウンター魔法含む防御魔法しか唱えられない。ただ代わりに回復魔法は凄(すさ)まじいの一言で、瀕死(ひんし)の状態でも全回復する魔法を何度も唱えることが出来た。また能力が色んな意味で非常にぶっ飛んでいるため、紳士淑女(エロゲプレイヤー)によって珍妙な二つ名が大量につけられていた。一番言われていたのは最終兵器聖女だろうか。

「初代聖女様にお話を聞きたいところですが……もう亡くなられてますしねぇ」

　初代聖女様は千年前の英雄の一人。普通に考えれば亡くなっていると思うだろう。でも生きてるんだよなぁ……。ゲームでは条件を満たせば仲間になる。

　とはいえ俺は初代聖女を含む彼女達のイベントで皆をハッピーエンドに導くために行動しているのだ。今は実力不足だが必ず彼女の下へ行く事になるだろう。

「よぉぉおっし！　先生ちょっと対策を考えます。一緒に頑張りましょぉ！」

おー！　と先生は握り拳(こぶし)を作って空へ突き出す。一人で。

「……」

先生は頬を少し膨らませながら、俺を見つめてくる。え、俺もするの？

「ごほん！　いきますよぉ。がんばろぉー！」

「お、おぉー！」

さてルイージャ先生と頑張ろう宣言をして早二日。残念ながら今後先生に会いに行く予定はまったくない。

もし俺の心が折れたり荒んだりしてしまったら、全身アロマセラピーな先生に癒やして貰うのもありだが、今のところ心は折れそうもない。フラグはばっきばきに折ってるだろうが。それに彼女の選択授業を受けるなら、さっさと家に帰ってクラリスさんに稽古をつけて貰うことの方が価値がある。

「なんでクラリスさんこんなに強いのに、あのときあんなに追い詰められてたんだろ……」

「い、いえ、あのときは不覚を取りまして……」

と、長い耳を少し下げながら、渋い顔をする。

顔とは裏腹にクラリスさんの攻撃は苛烈さを増していく。しかし、魔力を込めまくったストールは、そのすべてを弾く。弾くことは出来るのだが。

「ぐっ」

魔法によって筋力強化された攻撃は、一撃一撃に重みがある。俺はそれを上手くいなすことが出来ず、地面に足が埋まりそうな程踏ん張っていた。

たしかにストールの盾の防御力は太鼓判が押されるレベルだ。だが勢いを上手く殺すことが出来ない。毎日の訓練と心眼スキルを得た事もあり、以前よりもいなすのが得意になってきてはいる。だが、まだまだだ。

クラリスさんは攻撃を続けながら、詠唱していた魔法を発動させる。

すると辺りの地面から風が吹き上げ、砂埃が舞う。あっという間に視界はゼロになった。

そして時折混ぜられる魔法もまた面倒な事この上ない。大抵はストールの盾によって防げるが、クラリスさんはトリッキーな使い方でこちらを翻弄してくる。だが、今回は魔法の選択を間違えたようだ。心眼のおかげで、砂埃が意味を成していない。クラリスさんの動きは丸見えだ。

俺は攻勢逆転とばかりにクラリスさんに向かって走り出す。クラリスさんはすぐに俺が近づいてくることに気がついたのか後退する。そして魔法の詠唱を始めた。

俺は間合いを詰めると魔法を撃たれる前に第三の手で攻撃を……。

とストールを伸ばしていると、急に視界が斜めにぶれる。どうやら踏もうと思った地面に穴が開いていたらしい。

「いつのまに……！」

ここは先ほどクラリスさんが立っていた場所だ。魔法で目くらましをするふりをして、穴を掘ったのだろう。幸いなことに俺の足に怪我はなさそうだった。変に踏ん張ったせいでバランスを崩しただけだ。しかし、この時間は命取りだ。

俺は体勢を立て直し、ストールを前面で広げる。目の前にはこちらに向かって飛んでくる大きなつぶてが見えた。

ガキン、と金属が石を弾く音が、すぐ側から聞こえる。

「デカすぎる！」

飛んできたのは石じゃねえ、岩だ。人の顔くらいある岩だ。直撃したら死んでいたかもしれない。勢いを殺せずに尻餅(しりもち)をついた俺にクラリスさんは接近する。そして俺の第三の手を勢いよく蹴(け)ると、空いた隙間に剣を差し込もうとしてくる。

目の前に突き出された銀色の刃を見て、思わず息をのむ。ただ俺もやられっぱなしではなかった。

「引き分けですね……」

クラリスさんは目の前で静止していた第四の手を見てそう言った。なんとか引き分けには持ち込めたらしい。

差し出された右手を取り、体を起こす。

「相打ちって事になりましたけど、なんだか終始手のひらの上で踊らされた気分です」

「今回は策にはまっていただきましたが、それも開始時に距離が開いていた事と先手を譲っていたことが大きいかと思います」

確かにある程度距離を取ると俺の勝率は下がる。それは俺の攻撃に遠距離が少ないせいだ。石を投げるなどは出来るが、何度も戦闘しているクラリスさんはそれらが来ることが分かっている。来ることが分かっている投石を、彼女が対策できないわけがない。彼女は結界魔法も使えるのだ。むしろ得意。必然的に、俺は距離を詰めるしかない。

「うーん、やっぱり距離かぁ……。弓でも持とうかな？」

「確かに瀧音様には弓は相性が良いかと思います。また銃も良いかもしれません。ただどちらもコストがかさみますから……もっとも花邑（はなむら）家の御子息（ごしそく）にお金の問題は無いような物なのかもしれませんが」

まあ、お金については心配していない。それどころか、以前毬乃（まりの）さんに武器庫に連れて行って貰った時にあるのは確認している。さすがに杖（つえ）や魔道書に比べたら少ない。使っても良いよと言っていたから、そこから借りても良いだろう。

「弓や銃かぁ。とりあえず来週以降ですかね」

「来週ですか……そういえば今週はダンジョンに潜るのでしたね」

俺は新たにストールを取り出すと、クラリスさんがくつろげるように形を整える。まず布の端と端を強化、そして端以外をあえて緩める。するとどうだろうか、簡易ハンモック

のできあがりだ。

「瀧音様は……その、失礼な言い方ですが、魔力が化け物じみてますよね」

クラリスさんは少しためらいがあったものの、ゆっくりそのハンモックもどきに腰を下ろす。そして軽く揺らしてほころんだ笑みを浮かべていた。

多分ストールと体を入れ替える魔法を、心の底から欲しているのは世界でも俺だけだろう。あの尻に敷かれたい（物理）。

「瀧音様？」

「す、すみません」

「まあ初心者ダンジョンですから、あまり心配してませんよ。それに今回は上級生や冒険者や講師の付き添いもありますから」

「お言葉ですが、初心者ダンジョンとはいえ油断は禁物かと……」

へえ、と思わず頷く。

「その、お恥ずかしいのですが、私初めてのダンジョンでは、その、想定外のことで取り乱してしまいまして……」

「クラリスさんがですか？」

悪いが容易に想像出来る。

「ええ、一緒に居たメンバーに助けられ事なきを得たのです。ですから準備を怠らないよ

うにしていくと良いかと。その、申し訳ございません、言葉が過ぎました」

なぜ謝られたのだろう？　感嘆していただけなのだが、怒っているように見えたのだろうか？

「いえいえ、私は全然怒ってないですし、凄くありがたいとすら思ってましたよ。軽率に行動する自分としては身にしみる忠告でした」

まあ今回は俺にとって初めてのダンジョンではないし。

「瀧音様が軽率……？　私にはそのように見受けられないのですが？」

リュディを助けた時は色々と軽率だったことを反省してる。助けたことに一切の後悔はないが。

「いやあ、色々とあったんですよ。それとアドバイスありがとうございます。明後日のダンジョン講習はしっかり準備をして挑みたいと思います」

実のところ、これから起こるイベントを把握している俺は、何かあった時用にしっかり準備していく予定ではあったのだが。

「いえ、感謝など……瀧音様の実力なら基本的には問題は無いでしょう。いえ、多少の事なら問題は無いかと思います」

まあ、主人公が起こすイベントは多少の事ではなくて、それに巻き込まれる俺は相当危ない思いをするんだけどな……。

まぶしい日差しが照りつける雲一つ無い青空だった。

まだ春という事もあり、汗をかく程暑いというわけではない。風も穏やかながら吹いているおかげで、非常に過ごしやすいといえた。

こんな天気ならば先輩やらリュディやら姉さんやらを誘ってピクニックかキャンプにでも行きたいところではあるが、姉さんは「バーベキューなんかリア充の専売特許」だなんて顔をしそうだ。やってみれば意外に楽しくて、案外はまるのではないかと踏んでいる。

なぁんて楽しい想像をしているが、あいにく俺達が行くのはダンジョンで、天候なんざまるっきし意味の無い場所だ。

さて、今回潜るダンジョンが初心者ダンジョンならば、内部は石造りの神殿のようなフロアと通路で構成されていることだろう。願わくは過ごしやすい温度であることを祈りたいが、これればっかりはゲームで体験出来るわけもない。

「……ということ。質問は……ある？」

と、姉さんは生徒達に確認を取る。元々説明されていたことを、再確認の為に話されたことだから、質問はなかった。

「じゃあ、がんばって」

と姉さんはこちらに視線を一瞬向けると、踵(きびす)を返しヒーラー達が集まる出張保健室の所

まで行ってしまった。

「はつみさんが来るなんて意外だったわ」

リュディは周りに人が居ないからか、ざわめきで聞かれないとでも思ったのか、猫かぶりお嬢様口調ではない。

「なんでも講師のほとんどは参加するらしいぜ？　一応拒否は出来るみたいだけど、今回は『こうすけとリュディがいるから参加』だそうだ」

「はつみさんは人嫌いそうに見えるというか、他人に無関心というか……なんて言うのかしら？」

「そこ聞くか？　姉さんはちょっと他人に無関心なんだけど、優しくて美人で包容力があって……」

とそこまで話したときに俺は姉さんの気配を感じたので褒めまくることにした。

「いつも気にかけてくれて、実はすごく面倒見が良くて、面倒なお願いでも聞いてくれて、一緒に居るだけで楽しくなる最高の姉さんだよ」

「……うれしい」

ヒッ、とリュディが驚き声を上げる。姉さんの気配に気がつかなかったのだろう。俺も慣れるまでは、隣に立つまで気がつかないときがあったからな。ダンジョンに入っていないのに、気配察知のスキルを得たのは間違いなく姉さんのおかげだ。一応クラリスさんも

か、あの人なんで盗賊スキルも所持してるんだろう。

「お、驚きました。い、居たんでしたら声をかけてくださ い、はつみさん」

とリュディが言うと姉さんは頭をかいた。

「やめて、照れる」

「どこかに照れる要素があったかしら……」

とリュディが悩み始めると後ろから声をかけられる。

「おーい。瀧音、リュディ、はつみ先生」

現れたのは薙刀を背にくくった、制服姿の雪音先輩だった。先輩は俺の横に立つとリュディを見て首をかしげた。

「何かあったのか？」

「そうですね。たとえて言えば三平方の定理を生物学的に考えているような感じですかね」

「それは非常に相性が悪そうだな」

俺はまあ、それは置いといてと話を区切る。

「そういえば姉さん。どうしてこっちに？　組み合わせが発表され始めてるみたいだし、皆移動始めてるんだけど？」

「伝えなければならないことがあった。雪音にも伝えてないこと」

「なんでしょうか？」

と解決できそうもない悩みを諦めたリュディが聞く。

「ちょうど人がそろってるから話す。今回の一年生初回ダンジョン講習は五人パーティを組むことになっている」

「それ説明を受けたけど。ていうか姉さん、さっき姉さん自身がそのことについて話してたよね？　パーティメンバーはツクヨミ魔法学園で利用できる総合情報端末、『ツクヨミトラベラー』にメッセージが行くから、そのメンバーと指定された場所に集まるって」

「……うん。事情があって、こうすけ達三人にはそのメッセージが来ない」

と俺は入学時一人一人に配られたスマホのような端末を取り出す。

「えっ？」

「はあ？」

「ふむ、はつみ先生。それはいったいどういうことでしょう」

「あなたたちの戦力は三人ですら過剰。母様や私の判断でパーティメンバーを締め切ることにした」

「もしかして……？」

とリュディが窺うようにそう言う。

「あなたたちは三人だけでダンジョンに挑んで貰う」

「ええっ⁉」

「っ⁉」

俺達の表情が同時に曇る。

いや、ちょっと待ってほしい。おかしい、おかしいじゃないか。何で俺が伊織と組まないんだ？　今まで変な運命でもあるみたいにゲームに沿った動きをしてたのに、いきなりこんなことになるなんて。しかも三人だって？

「はつみ先生。詳しく説明頂けますか？」

多分三人の中で一人冷静だった先輩が、姉さんに問いかける。リュディも驚いているようだけど、一番驚いていたのは俺だろう。

「すでにこうすけは以前の件もあってダンジョンで苦労することはないと確信してる。リュディも詠唱短縮を覚えて、さらには中級魔法も使える。二人でも十二分。それに水守雪音が付けば、何を恐れる必要があるのかわからない」

まあ姉さんの言うことは分かる。リュディも姉さんや毬乃さんのおかげで、最近めきめき力をつけている。それに以前のダンジョンでも戦闘を経験しているし。それを考えれば、俺もあの無情のオーガによって大量の魔素を手に入れたから、正直ソロでもいいだろう。

それに先輩がつけば鬼に金棒か。

「その説明をすることが、私がここに来た理由」

「……分かりました姉さん。それで俺達はこれからどうすればいいんですか？」

「行きたいならもう潜っていい。決められた時間に行く訳ではない。そもそも初心者ダンジョンは、他グループとは会わない仕組みのダンジョン」

と、先輩とリュディを見つめると、二人はいつでも良いよと頷いた。

「分かりました。このままダンジョンに行きます」

それにしても、伊織に起こる魔人族出現イベントは大丈夫だろうか？　まあ、大丈夫か。初期ボスという事もあって、魔人族クッソ弱いし。


「すっげえなぁ……」

そこをたとえて言うなら、ローマやらエジプトなんかにありそうな、石造りの神殿だ。ゲームでもイラストでその雰囲気は知っていたが、こう現実で見るとその迫力に圧倒されてしまう。

「まあ、瀧音もこの辺りを堪能しただろう？　そろそろ出発しよう」

と先輩が視線を前に移す。俺もつられて視線を移すとそこには石の扉があった。

先輩達と相談した結果、前衛は俺。前中衛に先輩。そしてリュディを後衛に置くことに決めた。また先輩は基本手を出さず、俺達二人に任せるらしい。という事で俺が一番先頭に立つのだ……進まなきゃならないのだが。

「先輩、このドアの開け方が分かりません」

目の前にあるのは石で出来た重厚な扉。それも十メートルぐらいある。これ全力で押しても動くとも思えない。巨人が通るために作られたのだろうか？　ゲームにもこんな扉はなかった。というかすぐにダンジョンパートに画面が切り替わって探索に入った。ゲームでは扉が省略されていたというのが正しいのかもしれない。

「ああ、それはドアに触れると自動で開くぞ？　それとこの先からはモンスターが出現するからな。まず大丈夫だろうが、一応気を引き締めろ」

と言われ、俺はドアに手を触れる。

するとどうだろう、まるで地震が起きたかのように地面が揺れ始めるではないか。

「キャッ」

リュディは焦ったのか杖を手に持ち、魔力を活性化させながら、なぜか俺の腕を掴む。

俺自身も急な揺れにとても驚いているが、地震大国日本に生まれ、なおかつ高層ビルで大きな地震を受けたことのある俺からすれば、さほどの揺れでもない。

しかし腕に当てられる二つの果実の揺れは相当であり、地面以上に心が揺れ動く。

そして今度は『ウィン、ウィン、ウィン、ウィン』と何らかの機械音が辺りに響き、揺れが強くなる。俺はストールを杖のようにしてバランスを取っているから、なんとか立てているが、無ければ立ち続けるのは難しかっただろう。リュディは俺の腕に力を込め、非

常に焦った表情を浮かべている。先輩は涼しい顔をしながら、さりげなく俺の肩に手を置いてバランスを取っている。先輩、腕、もう片方、開いてる、押しつけて、構わない。と俺が叶(かな)わない願望を抱いていると、不意に先ほどから鳴っていた機械音が止(や)み、揺れがだんだんと引いていく。

完全に揺れが引くとカタンとどこかで音がした。

見てみると扉の隅っこに人が一人通れそうな入り口が出来ていた。こんな巨大なドアを目の前に、大震災クラスの揺れに、よく分からない機械音を響かせておいて、一人通れそうな入り口が出来ていた。扉って雰囲気を作るための飾りだったろうか？

「納得いかないわっ………」

わなわなと体を震わせるリュディは、俺の腕を放すと怒りを扉にぶつけていた。隣で先輩が、私も初めての時はそんな感じだったな、と懐かしそうに見ている。

なんだか緊張感のない始まりだが、はたして大丈夫なのだろうか。

もしこの初心者ダンジョンがゲームと同じならば、まず低階層で全滅することはないだろう。アイテムさえそろえれば、十一層の隠しボスにすらてこずる事は無いと思う。極限まで効率を追求しクリアまでの実時間（時計で計測した現実の所要時間）の短さを競う、ＲＴＡ(リアルタイムアタック)では、宝箱を回収しつつ最低限しか戦わず、十層ボスまで行きボスを倒すのが

定石だ。低レベルでもボスをボコボコにしてしまえるくらい、このダンジョンの難易度は低い。

　ただ初回の挑戦では邪神教徒によって召喚された魔人族が現れ、そいつを倒さなければならない。しかしこの魔人族はとても弱い。非常に弱い。魔人族を倒した後に「今日はいろいろあったし帰りましょ。皆も疲れたでしょう？」なんてことをヒロインの一人が言うが、帰らずダンジョン最下層へ行きボスを倒すことも簡単にできる。

　むしろＲＴＡ経験者でもある俺からすると、最下層に行かずに戻る事はあり得ない。再度最下層に潜るための時間がもったいないことこの上ない。

　まあ、俺は主人公ではないし、魔人族どうのこうのはない。さっさと十層ボスを倒して帰還してしまうのがいいだろう。

「ええと、一層はギョブリンだけだったか？」

　ギョブリンと言えばゴブリンの体に魚の頭を合体させたようなモンスターで、筆舌に尽くしがたい雑魚(ざこ)である。

「そうね、そう聞いてるわ」

　とリュディが辺りを警戒しながら、返事をする。ギョブリンは口から水鉄砲を放つが、威力は子供のおもちゃクラスである。つまり服が濡(ぬ)れるくらいである。ゲームの戦闘でも十回に一回一ダメージを食らうかどうか、という全モンスター最弱の攻撃力である。しか

しギョブリンはエロCGを得るために必須のモンスターで、モンスターを操るテイマーのキャラを得たら、ほぼ必ず仲間にするモンスターでもある。

「……！　来たわよっ！」

と、リュディの声を聞きながら、視界に入ったギョブリンに第三の手を向ける。どうやら現れたのは一体だけのようだ。

「行くぞ！」

俺は第三の手で壁を作りながら、すぐさま走り出す。そして飛んでくる水鉄砲を第三の手で弾き、第四の手を叩きつけた。

「ギョギョォ～！」

戦闘は……こんなにあっけないものだっただろうか？　ギョブリンは吹き飛んだままの体勢で痙攣していたが、やがて体は粒子となりほんの小さな魔石を残して消えた。そして今度は魔素が浮かび、それらは三等分され俺達に入ってくる。

「……弱い」

「……弱いわね」

「まあ、瀧音の火力は、現時点の一年生にしてはとても大きいからな。それのせいだろう。それに以前のダンジョン発生の件もあるからな」

確かに前回のダンジョンのモンスターに比べたら、弱すぎるにもほどがあるか。

俺は落ちたビーズみたいな魔石をひろうと、袋にしまった。これ集める意味あるんですかね？

「よし、では行こうか」

との先輩の声に従い、俺達は進んでいく。警戒度は一段下がったような気がした。

「なんだか代わり映えしないわね。単調な道でなければ迷ってそうだわ……」

とリュディが呟く。確かにその通りだ。シンプルな石作りの柱と壁が続いており、同じ景色を何度も見ている気分になる。

ただ、ほとんど一本道であるから迷っていないだけで、これが迷路のようにでもなっていたら今どのあたりに居るのかも分からないであろう。

しかし俺はこれ以降、ほぼ迷うことはないだろう。俺は知っている。マジエクにおいてこのダンジョンは、マップがとある層以外固定であることを。そして今まで歩いた道は、マジエクの地図と一致していることを。

「そうだな。迷路にでもなっていたらぞっと……」

するぜ、なんて言おうとして言葉を止める。そしてリュディを手招きした。

「リュディ、あっちから音が聞こえる。多分あの角から歩いてくる」

と言うとリュディは頷き、魔力を高める。「ギョ、ギョ」なんて音が一定間隔でこちらに近づいていたため、相手は気がついていないと踏んだのだが……当たりだったらしい。

角から姿を現した瞬間、リュディの魔法に襲われて魔素に変わってしまった。少しあたりを調べてみたが、今回は魔石は出なかったようだ。小さいから見逃した可能性もあるが。

「次、いきましょう」

俺は頷く。それにしても、なぜギョブリンは歩きながらギョ、ギョと呟いているのだろうか。

それから順調に進み二層まで来たところで、ようやくギョブリン以外のモンスターが出現し始めた。

「泥人形（ゴーレム）かぁ」

現れたのは動く土塊（つちくれ）である泥人形（ゴーレム）。遠目で見た限りだと、動きは遅く行動は単調で、第三、第四の手のどちらかで防御すれば、完封するのもたやすいだろう。と思っていたら、本当に完封できた。あっけなさすぎて逆に驚いた。

「多分、相性が良すぎるんだよなぁ」

と言いながら小さな魔石をひろう。

今までのギョブリン達との戦闘と明確に違うのは、奴らがこちらを普通に攻撃してくることだろう。普通に攻撃するって言い方がおかしいように聞こえるが、間違いじゃない。まあギョブリンが異端なだけなんだが。

「まだ低層だものね」

リュディも詠唱短縮を覚えた影響が出ていて、この辺りの戦闘に関しては、まだ困ることがないようだ。

と、話しながら先へ進む。

「あら？」

二層の半分ぐらいまで進んだところで、俺達は初めての分岐にぶつかった。まあようやくといって良いだろう。もしこれが国民的最後のＲＰＧだったら、ほぼ一本道なんて言われて叩かれていたに違いない。

「どちらへ行く？」

右と左。今回の場合は左が正解のルートであり、右は宝箱がある行き止まりだ。人によっては右が当たりと言うだろうが。またＲＴＡをする紳士達も大体がこの宝箱を回収する。場合によっては不要なのだが。

「そうだな。どちらでも良いなら右へ行ってみようか」

リュディはどちらでも良かったのだろう。賛成しそのまま先へ進んでいく。

予想通りではあるが進んだ先は案の定行き止まりで、壁の前には年季の入った木箱が置かれていた。

「宝箱かしら？」

「多分な。罠とかはないだろうか？」

実のところ、この宝箱に罠はない。むしろこのダンジョンの宝箱にはすべて罠がないのだが、もちろん口には出さない。

「聞くだけ無駄だと思うけど、スカウト技能なんて使えないわよね？」

「無いな、仕方ないから俺がストールの盾で守りながら開けてみるよ」

と言って先輩を見つめる。しかし先輩はこの事に関して口を開くことはなかった。

俺は第三の手で防御を固め、第四の手でゆっくり開ける。

中に入っていたのは、陣が刻まれた、小さな赤い魔石だった。

「火の魔石ね」

「そうだな」

こういった陣の刻まれた魔石は、陣刻魔石（じんこくませき）と呼ばれる。これは陣を起動すると魔石が活性化し、刻まれていた魔法が使用されるアイテムだ。今回の場合は魔力を込めて衝撃を与えると、炎が噴き出る……らしい。実際に使ったことはないからどんな感じかは分からないが。

「俺が持っていても良いか？」

「確かに幸助（こうすけ）が一番必要そうよね」

リュディは火の魔法を使えるが、対して俺は遠距離魔法に乏しい。こういったアイテムは非常に有用である。

陣刻魔石は俺にとって遠距離の切り札になりうる、アイテムの一つであると思っている。遠距離魔法が使えない俺でも、陣と魔石で完結しているこのアイテムは、起動させることが出来るはずなのだ。まだ使ったことがないのでなんとも言えないが。

とはいえ、陣刻魔石にも弱点はある。

まず第一に『高価』であること。陣刻魔石はダンジョンでしか入手出来ないレアアイテムだ。特に中級以上になると値段は跳ね上がる。

第二に『消耗品』であること。一度使うと魔石の魔力が無くなり、ただの石ころになりはてる。『高価』な理由の一つだろう。

第三に『火力不足』だ。一番強い魔石を入手出来る頃には、リュディあたりのキャラはそれ以上の魔法を普通に使える様になっているため、魔法を使っていた方が強い。そして魔力回復アイテムと陣刻魔石だったら、前者の方が圧倒的に低価格。

結論として。一般的には一時しのぎのアイテムだろう。

「よし、じゃあ戻るとするか」

「そうね」

三、四階層の見た目は、ほぼ二階層と変わらなかった。しかし出現するモンスターには、大幅な変化が見られた。まずギョブリンは姿を消し、泥人形(ゴーレム)が複数体で出現することが増

える。そして新たに別のモンスターが出現し始めた。

「普通のゴブリンね」

　そのモンスターの見た目は、日本人的美的感覚から言えば醜悪の一言である。体中が皺だらけで、またあばらなんかの骨が浮き出るくらい痩せこけている。さらには病気を疑うぐらい目玉が飛び出していて、眼球の三分の一ぐらいは空気に触れているだろう。また舌がびろんと飛び出しており、そこからよだれがしたたっている。腰にはぼろきれが一枚、手には棍棒。防具に関しては紙だが、あの棍棒には少し気をつけなければならないか。実のところゲームでも難易度が上がるのは三階層からである。まあ……。

　振り下ろされる棍棒を第三の手で掴む。そして第四の手で頭から叩きつけた。

「ゴブゥ」

「やっぱ相性最高なんだよなぁ」

　それにクラリスさんと戦闘訓練している俺からすれば、単調で遅いゴブリンの攻撃を受けるわけもなく、まるで赤子を相手取っているかの気分になる。

　魔石を回収しながら俺は二人の下に戻る。

「私は一人だと辛くなってきたわ……近接戦闘の技術も覚えようかしら」

　とリュディは言う。しかしリュディはそもそも接近タイプではなく魔法タイプだ。少しくらい追い払う技術さえあれば、後はパーティに任せて良いと思う。後半は無詠唱で魔法

をバンバン使うし。さて、それをどう伝えれば良いだろうか。

「まあ、最低限は必要だと思うが……。得意な遠距離魔法を極めても良いんじゃないか？　ある程度のモンスターは、俺がなんとか押さえられるし」

俺がいること前提で話しているが……まあいいか。

「うぅん……そうね」

もし俺がリュディを自由に育てて良いのなら、最適解とも言える方法で上げるのだが。とはいえ俺はお前の最適解を知っているぜ！　だなんて、普通に言ったら頭に虫でもわいたかのような台詞だ。

「確かにリュディの遠距離魔法は生徒会長らを彷彿とさせるな」

ダンジョンを本格的に攻略し始めてから、ほとんど口を開かなかった先輩が俺に同意する。

「私は何もかもが中途半端だったから、オールマイティに育ってしまった。しかしリュディは遠距離に適性があると私も思う。魔力を見るに最上級の魔法を唱える素養があるし、生徒会長らに並び、むしろ超える事も出来るだろうとも思う」

ちなみに先輩は『何もかも中途半端』などではなく、何もかもが一流のため普通の中途半端君とは一線を画するのだが。

「もうちょっと考えてみるわ」

「方向性の話ならいつでも相談を受け付けるぜ。魔法については先輩が」

と先輩に丸投げするも、にっこり頷いてくれた。

「ああ、私に教えられる範囲ならいくらでも教えよう。まあ二人の場合は学園長やはつみ先生に教わるのが良いかもしれないが」

リュディの場合、結局そこに落ち着くよなぁ。見た目と性格は少々アレな毬乃さん達だが、魔法使いとして最前線に居る人たちだ。

現時点ではゲームのリュディよりもスキルを得ているし、良い成長度合いのような気がする。

やっぱ環境が良いんだろうな。スポーツとか勉強も環境がとても大事だし。まあ、絶対とは言わないけれど。

「毬乃さんやはつみさんに相談してみようかしら……って、それ明らかに現状維持よね？」

とリュディは俺を見ながらそんな事を言う。俺には何が言いたいのか分からない。

「俺からすれば、その現状で十分以上の結果が付いてきていると思うんだが……」

と俺が思ったことを口にすると、先輩は何かを察したのか、ああ、と呟いた。

「リュディが言いたいことは分かった。その気持ちは非常に分かる。私も同じような経験がある。なにより、恥ずかしい話だが、私も焦燥に駆られてしまうことがある」

「……」

リュディは何も言わなかった。ただ先輩を見つめながら、握り拳を作って沈黙する。

「私の場合は……まあ、これは後で話そう」

と先輩は話を区切る。俺はまだしっかり確認できてはいないが、どうやらモンスターがこちらに向かっているようだ。

少しして発見したのは、ゴブリンの集団だった。

俺はリュディに魔法を使うように促すと、彼女はすぐに詠唱を始める。

「ストームハンマー！」

と詠唱を終えた彼女は魔法を発動させる。するとゴブリン達の前に緑色の巨大な槌が現れ、それが振り下ろされた。

耳をつんざくような衝撃音に、着弾点から吹きつける突風。ストームハンマーはその見た目と名前通り、物理寄りな中級攻撃魔法である。風と土魔法が使えないと覚えられない魔法で、魔力消費量さえ気にしなければ、中級魔法でも最上位に位置する。なぜ中級魔法に含まれているのかが分からないくらい強力な技だ。

てか周回プレイでも無い限りこの時点で覚えているわけがないのだが……。

さて、この魔法の強い点は振り下ろされる槌もそうだが、その後吹き荒れる風も厄介なことこの上ない。

ハンマーの直撃した二匹は即絶命したらしく、粒子になっていく。また魔法が発動した

場所の近くに居たゴブリン達は、突風と衝撃によって壁まで吹き飛ばされた。勢いよく飛んでいった一匹はぴくりとも動かない。

少し離れた所に居たゴブリン達は風に煽（あお）られ尻餅（しりもち）をついており、隙だらけである。

「ほい、終わり」

振り下ろされた第三と第四の手に潰（つぶ）され、断末魔の叫びを上げながら粒子となっていくゴブリン。

「やっぱリュディの魔法は羨（うらや）ましいよなぁ。俺こんなの出来ないし」

出来るならやっぱりああいったものも使ってみたい。模擬戦闘で何度か使われたけど、防ぐのに非常に苦労するし、何より近くで審判していた姉さんやクラリスさんのスカートをめくってくれるのが非常に良い。黒最高。

俺がリュディの魔法を羨ましがっていると、

「隣の芝生は青く見える、か」

近くで見ていた水守先輩はそう呟いた。

—雪音視点—

こんな人間がいるのかと、私が初めて思ったのは実の姉に対してだった。

姉は魔法使いとして一流で、武人としては化け物だった。それで、いつも、いつも負け

てばかりだった。年は二歳離れてはいたが、私は二年後にこの強さになれるかと問われれば懐疑的で、そして自分の成長以上に姉は成長しているように見え、これから先姉には一生追いつけないんじゃないかとさえ思った。

「雪音は天才だよ、私が保証する」

姉はいつもそう言っていた。でも私は幼いながらも察していた。父や母が私ではなく姉に心血を注いでいたから。父も母も姉の振るう刀に恋してしまったのだろう。私に構わなくなる気持ちも痛い程わかる。なによりその刀技に一番魅入られていたのは私自身だった。

姉は天才だ。

魔法ならまだしも、私が刀で姉を超すことは一生無いと言えた。私に才能が無かったわけでは無いと思う。でも、だからこそ私は薙刀を手に持った。なまじ刀に対して微妙な才能があったばかりに、姉のすごさがより強調されて私に伝わった。私が初めて逃げたのはこの時だ。

私がこんな人間が居るのかと驚いた最初は姉で、それの四人目は瀧音だった。学園に来て生徒会長という人の皮を被ったナニカに驚き、歴史に名を残すであろう学園長なんかを見て、これ以上驚くことはないだろうと思っていた。それでも私は驚愕した。

彼は異常である。肉体的にも精神的にも。

瀧音は自虐的に魔法タンクだなんて言っていたけれど、そんなものではない。未だ増え

続けるその魔力は魔力の供給源である『龍脈』と言い換えても差し支えない。正直に言えば、彼が遠距離魔法を使えないと知ったときほっとした。今にしては彼が心底悩んでいることを知っているから、悪いと思っているし、なんとか手助け出来れば良いなとも思う。しかし、時たま思うのだ。学園長以上の魔力で、悪意を持って魔法を放出されたらいったいどうなるだろうか、と。まあ仮に彼が遠距離魔法を使えたとしても、絶対にそんな事をしないと今なら言えるが。

瀧音の魔力は化け物だとして、武器の扱いはどうだろうか。彼が振るう刀は、はっきり言って才能は微塵も感じられなかった。それは他の武器を使ってもそうだった。ごくありふれた、一般的な初心者の剣筋だった。

勧めたのは私だったが、止めさせようかとも思った。しかし、止めさせなくて本当に良かったと思う。彼には他の人にはない能力があった。それは効率化、最適化の能力と、異常とも言える胆力だ。

あの日のことは今でも思い出せる。木刀を貸して欲しいと言われ、渡して素振りを見た時だ。姉を見ていた事で私の要求が高いだけかもしれないが、才能は無いな。そう思った。

しかし数日後に彼を見て驚愕した。まるで何年も素振りをしてきたような、そんな素振りに変わっていたのだ。しかし武器を打ち合わせてみれば分かる、彼にはやっぱり才能は無い。

私は驚いて彼にどうしてそんなに扱いがうまくなったのかを聞いた。

「え、素振りしてただけなんですけど？」

ときょとんとして、さも当然とばかりにそう言った。

そんなわけ無いだろう。

私は頭を抱えた。普段は頭が回るくせに、変なとこで鈍感になる奴だ。彼の異様な習得速度については、学園長が教えてくれた。

「一日中同じ形で刀を振ってたわよ。ああ、たまに自分を撮影して姿勢の微調整も行ってたわ」

思わず、それだけですか？　なんて尋ねてしまった。

「それだけって言っても、コウちゃんったら暇さえあれば振っていたし、寝るまで振ってたわよ？　それも身体強化を一切切らずに」

と、話を聞いて驚き呆れた。

身体強化なんてずっと使えるものではない。私だって使い続けることは困難だし、毬乃学園長だって不可能だろう。それでいて素振りをし続けると。おかしい。常に全力疾走しているようなものだ。それを一日中？

しかし、と私は思う。

普通に素振りするのと、身体強化して素振りするのは後者の方が経験が多いとされてい

る。それは以前までは伝承みたいなものだったが、今ではしっかり証明されている事柄だ。

私はふと思った。

もしこれをずっと続けていれば？

気がつけば私は服を強く握りしめていた。一本ずつゆっくりと指を外していくと、そこには汗ばんだ手があった。彼は京八流究極奥義の一つを習得できるかもしれない。技の特殊性故に、あの姉ですら習得は不可能だろうと言われたあの技を。

それから私は必死に瀧音に刀を勧めた。彼が若干引きつっていたのは気のせいだと思いたい。いや現実を見よう。少し引いただろう。しかし引かれたのだとしても、勧めて良かったと思っている。

彼はストールを自在に操り、振り下ろされた棍棒を弾く。そして、ストール右側で盾を、左側で剣を弾き、がら空きの胴体に刀を抜きはなつ。

『居合い』

刀術において基本にして奥義とも言われる技だ。この技は大抵誰にでも使える。だけど初心者と熟練者では威力が全くもって違う。鉄すら斬れない初心者も居れば、ドラゴンの鱗やミスリルすら斬る刀術使いも居る。木の棒で鉄を切り裂く達人もいたそうだ。

本当に刀を振り始めたばかりなのか？　姉の師匠をよく見ていた私がこの距離で、なんとか目で追える？　やっぱり瀧音はおかしい。

「え、嘘？　一撃？」

取り巻きのゴブリンを危なげなく狩っていたリュディが驚きの声を上げる。綺麗に真っ二つにされたホブゴブリンは痛みを感じるまもなく、粒子と魔石になって消えていく。

乾いた笑いが口元に浮かぶ。私や紫苑が苦戦した十層の階層主、ホブゴブリンは一撃らしい。しかも彼は初回のダンジョン攻略でこれを成し遂げたのだ。とはいえ五層の階層主ですら圧倒していた時点で、この結果は簡単に予想できていたが。

さて、褒め称えられる出来事であるはずなのに、リュディは不機嫌な様子で瀧音の下へ向かう。

「私の分も残しなさいよ？」

「いや、お菓子じゃないんだからさ……」

どうやらリュディは消化不良のようだ。確かにあれだけ戦闘前に気合いを入れていたというのに、瀧音が一撃で倒してしまったのだから仕方ないのかもしれない。とはいえ、リュディのストームハンマーでも直撃なら一撃だと思う。

それを考えればリュディも学園一年生では凄まじい能力を持っている。こちらは生徒会長や学園長がいるから、あまり大きな驚きをうけないが。

先ほどの件でかリュディにラーメンをおごることになった瀧音に私は声をかける。

「ラーメンは私が二人におごろう。いや、すばらしい攻略だった」

私が言うと瀧音は満面の笑みを浮かべ、リュディは嬉しそうでありながら少し不服そうでもあった。リュディをたしなめて、奥に進む。その先にあったのは一つの木箱だ。リュディはそれを開け、中に入っていた魔石を手に取ると瀧音に確認後、自身の異次元収納袋にしまった。

私たちがそのまま帰還用の転移装置に向かう途中、瀧音はツクヨミトラベラーを手に不思議なつぶやきを漏らす。

「……どこまで縮められるか分からないけど、RTAしてみますか」

彼の言っていたことは理解できなかったが、とりあえず何も聞かず魔法陣の中に入った。まあ出た後にラーメン屋ででも聞いてみれば良いだろう。

帰還した私たちはやけにそわそわした様子の教師に報告を行う。話しながら辺りの様子を覗えば、おかしな行動をしているのは一人だけではないように見受けられる。

「――であり十層まで攻略いたしました。報告は以上です。……それと皆さん慌てた様子ですが、何かございましたか？」

教師は風紀会副会長のアナタなら、とこっそり教えてくれた。

「それが……ダンジョンに魔人族が出現したらしいんです」

ラーメンをおごるのはまたの機会になりそうだ。

慌ただしく駆け回る教師達を尻目に、俺とリュディは一旦帰宅することにした。無論、先輩のおごりのラーメンはキャンセルである。まあこの状況じゃ仕方ないかもしれない。察するに魔人族が問題になっているんだろう。ゲームでは簡潔に、「魔人族が出現し学園中で話題になった」という一文が表示されるだけだが。

帰宅後すぐに俺はランニングをするために着替える。そしてくつろいでいたリュディに出かけると声をかけるが、彼女はしかめ面をした。

「……まさか、走りに行くの？」

「おう」

当たり前である。

「ダンジョンに行ったのに？　疲れてないの？」

疲れたかどうかと言われれば疲れている。しかし。

「ランニングと素振りが出来ない程でもないかな」

呆れた、とばかりに首を振ると、ぐうぅっと伸びをして立ち上がる。

「どうしたんだ？」

「私は私で訓練するわ」

なんて言うとクラリスさんを呼び寄せ、杖を持って行ってしまった。

ランニングコースや滝には、水守先輩は居なかった。そりゃもちろんであるが。真剣な

表情であそこに残ったのを見れば、解決するまで場を離れることはないだろう。まあ、襲われるのは主人公パーティだけで、後は杞憂なのだが。すぐに帰れる事を祈っておこう。

「主人公はあそこで三会に注目されるんだよな」

ゲーム一周目であればただただ注目されて終わりだ。もっとも注目されるだけでも凄いこと（ゲームの瀧音談）なのだが。また二周目だと場合によっては勧誘されるんだが……今回は多分無いだろう。されたのなら俺は焦らなければならない。

滝の下に着くと俺は第三の手と第四の手を動かす訓練を行い、ある程度行うと素振りに移行する。とりあえず最低千回……あとは暗くなるまで素振りしよう。

と、素振り用に先輩から貰った、中に重りが入っているらしい木刀を一度振る。そして先輩が振る姿を頭に浮かべながらもう一度振る。なんだか右半身から違和感を覚えるため、微調整を行いもう一度振る。

俺は素振りが安定し始めると、今までの反省を行う。ゲーム開始からダンジョンに潜れる、現在までの流れを点数にするならば、ほぼ百点に近いだろう。入手出来るスキルはあらかた入手したし、姉さんのおかげで手に入れた気配察知なんかは想定外のプラス要素だ。必須と言って良いスキルの心眼は、ちょっとアレな方法だが入手出来た。伊織は伊織で力をつけているようだし、もう特に言うことはない。

なんて順調な滑り出しだ。ここまで順調だと逆に不安になってくる。

これからの計画を立てるならば、まずは真っ先に初心者ダンジョンの完全攻略を優先させるべきだ。十一層を攻略して得られるスキルをすべて得たら、学園外ダンジョンに向かうのがいいか。すでに初心者ダンジョン十層を走破したから、他のダンジョンに潜る資格は得たはずだ。

ではどこから潜るか？　個人的には初回特典で追加されるダンジョンの一つに潜りたい。少し特殊なクリアボーナスだから、もらえない可能性もあるが。そうなると余りうまみはないかもしれない。

毬乃さんと姉さんが帰ってきたのは、夕飯が終わり深夜のアニメが放送される時間だった。珍しく疲れた顔をしている彼女達（リュディはまだ姉さんの表情が読めないらしく、いつもと同じ顔に見えたらしい）に砂糖とミルクをたっぷり入れたコーヒーを出すと、二人は礼を言って飲み始めた。

「あれだけ調べたのにね、結局原因は詳しく分からなかったわ」

「学生が無事だったのが救い」

魔人族と遭遇したのは主人公達だけらしい。まあゲームと同じだ。彼らのパーティメンバーに生徒会長であるモニカ会長がいたこともあり、事なきを得たそうだ。モニカ会長がいるならば、主人公達は何もしなくても敵は消滅していただろう。あの人は水守先輩と違って初期から最後までチートだ。むしろ三強で初期からチートじゃないのが水守先輩だけ

だから、先輩の方が少数の方に含まれるが。

しかし困ったことに。

「安全確認の為に、初心者ダンジョンは封鎖する」

と、姉さんは淡々と語り始める。

どうやら怪しい動きをしていた人物は捕まえたらしいが、まだダンジョンに危険が残ってないかを調べるらしい。まあ妥当である。妥当であるが、不満だ。他のダンジョンに行く前に欲しいスキルがここで取れるから、少し足止めされそうだ。

なお捕まった人物は今取り調べ中らしい。ただトレーフル皇国なんかと連携して事の対処を行うとも言っていたから、彼らが邪神教信者であると目星は付いている、もしくはすでに判明しているのだろう。


事件があった翌日ということもあり、学園内の話題は初心者ダンジョン一色だった。水守先輩が言うには、本来ならば君たちが注目の的になるんだが、との事。初回の十層攻略は滅多にない偉業であるのだが、魔人族の事があったため、一般生徒に攻略層を公開しないらしい。

本来ならばランキング形式で貼り出され、学園から支給された総合情報端末ツクヨミト

ラベラーにも表示されるとのことであるが、事が事だからな。そして一応誰が魔人族に遭遇したかは秘匿されるはずだったらしいが、どこからか漏れたらしく伊織のパーティが注目されていた。それも特にリーダーである伊織が。

一部上級生からは一目置かれているらしく、その兆候はもう現れている。

「お、また伊織のこと見に来た奴が居るぜ」

そう言うとオレンジ頭の男子生徒が俺の言葉にのってくる。

「ったくモテモテだなっ！　んで、どっちが好みだ？　なかなかイケメンだぞ」

そう言って伊織の肩に腕をかけ、体をつつく。初心者ダンジョンで俺の代わりにオレンジが仲間になったらしいので、そこで仲よくなったのだろう。二人に遠慮は感じられない。彼も一応ゲームで仲間になるキャラクターだ。

二人で伊織に問うと、心底困ったかのように眉をひそめた。

「どっちも男じゃないか。しかも目的の半分はトレーフルさんのようだし……」

確かに彼らは伊織を注目する振りをしながら、リュディを見ている。確かに伊織を出しにリュディを見に来たようである。

リュディはその様子に気がついているのか、いないのか分からないが、カトリナと雑談に興じていた。リュディ目当ての人には眼福だろう、リュディだけでなくもう一人の美女も一緒に見られるのだから。

「そういやオレンジ、お前も伊織達と一緒にダンジョンに潜ったんだよな？　どうだった？　特に魔人族とか」

「あん？　オレンジって……まあいいや。うーん。あんときは少しびびったけどよ……つか、伊織って意外に頼りになんのな。加藤もなかなかだけどな」

「意外にって……」

まあ見た目からすれば活躍すると思えないだろう。普段は普通すぎて印象に残らないし。

「じゃあ生徒会長はどうだった？」

「会長かぁ、ありゃやべーぜ。バケモンだ、な？　伊織」

「うん、相手が魔人族なのに……大人と子供みたいだった。もうね、相手がかわいそうなぐらい」

ふむ、会長のチートは健在、と。

「それにすげえ綺麗だし優しいし。ファンクラブがあんのも頷けるぜ」

「僕、ＭＭＭに入ろうかとさえ思ったよ」

二人はべた褒めだ。しかしオレンジ。お前の女の趣味って確か……。

「オレンジは会長推しか？」

「いや、確かに会長は良いけどよ、燃えないんだよな。少なくとも三十超えてないとなぁ」

と、伊織が真顔で硬直する。だよな、俺も初めて彼の好みを知ったときはびびったよ。

まあエロゲにおいて友人、仲間ポジションのキャラは、総じてヒロインと結ばれないような何かがあったりするのだが。彼の場合は熟女趣味だ。

「やっぱ数学の講師だよなぁ」

「へ、へぇ。そ、そうなんだ！」

おい伊織、めちゃくちゃ顔引きつってるぞ？

「すげえ色っぽいよな、ちょっと声かけてみるつもりだぜ！」

「そうか……ほどほどにな」

それにしても面白いよな。少女漫画ではライバルキャラが男の子を誘惑、もしくは他の女の存在をちらつかせヤキモキさせるのに、エロゲは友人キャラが予防線はって「ヒロインに手を出しません！」宣言するから。なんだかすごく対極的である。まあメインユーザーであるオッサンと少女自体が対極の存在ではあるか。

個人的な意見ではあるが、何かを得るためには何らかの代償を払う必要があると思う。それは基本等価交換ではないかもしれない。より多くの代償を払って、得るものが少ない可能性もある。

しかしその代償が自分にとってちっぽけなものだったなら、それを払うことをいとわない。

だからこそ俺は先生からの評価と数学等の一般科目の授業を捨て、初心者ダンジョンの前に来ている。本来ならば授業の時間だからか、学園生達は居ない。午前の授業を捨ててまでダンジョンに潜る切羽詰まった生徒もまだ現れるころでもないし、妥当といえる。

俺は学生証を手に取り、魔力を込めて文字を実現化する。それを受付の男性に見せると、彼は口を一文字に結び、むむ、と何かを言いたそうな顔で学生証に表示された文字を凝視した。

彼がそんな顔をしているのは、一応の安全が確認されたとはいえ、ダンジョンに一年生

を一人で送って良いものだろうかという葛藤からだろうか。それとも、もうすでに十層を攻略しているというのに、なぜ初心者ダンジョンに潜るのか、という疑問からだろうか。どちらもあったかもしれない。相変わらず魚の小骨がノドに引っかかったような顔をしていたが、何も言わずに通してくれた。

俺は魔法陣の中に足を踏み入れる前に、ツクヨミトラベラーを用意する。そしてストップウォッチのアプリを起動すると、転移魔法陣の起動と共にスタートボタンを押した。

タイムアタックにおいて重要なことは、いかにして無駄を省くかである。ゲームでのタイムアタックで大抵無駄になることの一つは、雑魚との戦闘である。もちろん経験値が必要な場合は狩ることもあるが、基本は無視だ。そして効率よく経験値を溜められる場所で戦闘を行う。

今回の場合は道中の魔素稼ぎは一切必要が無いため、俺は敵を全無視して、次の層へ行くことになる。

「ギョギョッ！」

勢いよく走り去る俺を見て驚くギョブリンを尻目に、俺は深層へと潜っていく。ただ、道中のアイテムはひろいながら。

さて、ゲームでは休憩など挟まずにダンジョンを駆け抜けることが出来るが、現実では無理だ。何キロも休憩なしに走るなんて、根本的に無理に決まってる。呼吸は乱れ、足は

棒になり挙げ句の果てに注意力の散漫で奇襲をうける可能性すらある。だからこそ休憩は必要だ。ではどこで休憩するか？　以前三人で雑談しながら食事を取った場所？　いや違う。あそこは少し回り道をしなければならない。ならば。

「やっぱボス戦だよなぁ」

五層のボスである剣と盾を持ったゴブリン（ゴブリンナイト）をあしらいながら、俺は呼吸を整える。第三の手と第四の手を適当に動かしていれば倒せる上に、しばらくするとモンスターが再召喚され、魔素も貰える上に、ドロップアイテムも拾える。魔素は必要ないが、どこかで休憩を入れなければならないのなら、こうするのが良いだろう。休んでるだけで移動できる乗り物があれば話は別だが、そんなものは現時点ではない。

六層からは雑魚敵の面倒さが一段上がる。それは飛行モンスターである。先輩やリュディが居るならまだしも、俺とは相性が悪い。相手の攻撃が俺に通らないため、負けることはまずないが、無駄は省くべきだ。もちろん全逃げである。

そのまま六、七、八、九層を通り過ぎ、ようやく十層にたどり着く。そこはリュディ達と一緒にホブゴブリンと戦った場所ではなかった。

俺はツクヨミトラベラーを取り出すとストップウォッチを止める。

「一時間二十六分ね、二時間切りは余裕そうだな」

ある時間よりも早く到着することで、行くことが出来る特殊階層。どうやら俺はそこに

入ることが出来たようだ。

さて、十層通常階はボス部屋であるのに対し、特殊階層は迷路になっている。これがまた非常に面倒な作りとなっていて、初めてプレイする紳士は、紙を片手にメモを残しながら攻略したことだろう。しかし情報が出そろい、ＲＴＡ（リアルタイムアタック）できるようになれば、決まったパターンしかない迷路なんて、ただの一本道である。

今回の初心者ダンジョン十層特殊階は八つのマップパターンがある。どれもこれも分岐が多くいくつかのマップには無限ループが仕込まれるなど、非常に凶悪な作りになっている。俺も攻略データの出そろっていない初見時には非常に苦労した。唯一の救いはこの階層にモンスターが出ない事だろう。

俺が目指す十一層は、この一層から十層特殊階を越えて十一層ボスまでを、ゲーム時間の二時間で攻略しなければならなかった。それはもちろんダンジョンに入ってからである。ちなみに十層特殊階到達には一時間四十分以内の制約があり、それよりも遅いとホブゴブリンのボス部屋に転移する。

俺は息を整えると、まっすぐ走り出した。

最初の分岐は丁字路だった。俺は迷うことなく東に進んで行くと今度は十字路が。そこを北に進んで今度も十字路にぶつかる。よし確定、パターンＤ。であればだ。ここからは東南西南南東北。

俺は分岐を迷わず駆け抜けると、先の行き止まりには転移魔法陣が置かれていた。

「アタリ、だな」

俺は時間を確認すると、魔法陣の中に入っていく。

転移した先に居たのはウッドゴーレムだった。そいつは俺の身長を超え三メートルはあろう巨体で、幾つもの丸太が寄り集まって、人の形をしていた。巨人の子供が丸太で人間を作ったらこうなりそうだ。また髪の部分には茶色い葉っぱがもっさりと生えているおかげで、より人の形に見える一因となっていた。

さて、どうやって攻略するか。それはもちろんアイテムを使う。

俺は以前手に入れた火の陣刻魔石を取り出すと、ウッドゴーレムに狙いを定めて発動する。以前リュディ達と手に入れたもの、今回手に入れたもの。惜しみなく使う。

すると二つの魔石が光り輝き、魔法陣が生まれ、火球二つがウッドゴーレムに向かって勢いよく飛んでいく。そして着弾と同時に、体中に火が付いた。

ウッドゴーレムには三種類あり、枯れ木ベースの茶葉っぱウッドゴーレムと、緑葉っぱのウッドゴーレム、そして葉っぱのないウッドゴーレムだ。全体的に火に弱いウッドゴーレムだが、このうち茶葉っぱのウッドゴーレムは特に火に弱く、初級火魔法を連打しているだけで簡単に勝つことができる。

無論俺は使えないし、ＲＴＡ勢の主人公も場合によっては使えないだろう。しかしこの

ダンジョンには、隠しボスに使ってくださいとばかりに陣刻魔石が置いてあるのだ。もちろん利用しない手はない。

俺は燃えさかるウッドゴーレムを、第三の手に土属性のエンチャントを施しぶん殴る。そしてたった一度のパンチでウッドゴーレムは地面に倒れ込んだ。そして火を消そうとのたうち回るそいつに何度も何度も何度も攻撃を加えていく。

討伐まで一分とかからなかった。

俺は現れた魔石を回収すると、奥へ進む。そこには翼の生えた女の像があった。俺がその像の前に立つと、頭の中に声が響いた。

―汝(なんじ)、よくぞここまでたどり着いた　その偉業を称(たた)え汝にスキルを与えよう―

すると俺の体がゆっくり光り出す。

―高速思考のスキルだ。では、励めよ―

と声が響くと同時に足下に魔法陣が浮かび上がる。そして気が付けば初心者ダンジョンの入り口に戻されていた。

「よしっっ！」

俺は握り拳(こぶし)を作り、空へ突き上げる。絶対に欲しかったスキルの一つを得たことで、目標に一歩近づいた。

ツクヨミトラベラーを取り出し時間を確認する。八時にダンジョンに潜って現在九時四

十分という事はだ。一周約百分かかったことになる。まあ上々の記録だろう。

「さてっ」

初心者ダンジョンの十一層も攻略したことだし、

「もう一回初心者ダンジョンに潜りますか！」


初心者ダンジョンでもらえるスキルは、ゲームと同じであれば五種類ある。俺に有用なのは三つあり、うち一つが今取れた高速思考だ。高速思考はステータス全体に上昇補正のかかる神スキルで、最強キャラを育成するなら必ず入手しなければならないスキルの一つだ。習得できないキャラはおらず、最終パーティにスキルを持たない者はいないと言っても過言ではない。

さて、初心者ダンジョンＲＴＡ（リアルタイムアタック）二周目にもらったスキルは、スタミナ増強（小）である。ゲームにおいてその効果はほとんど無く、体力が少し上がるぐらいだった。正直戦闘だけで言えば無くて良い。ただ夜に多い美少女ゲーム特有のシーンには、非常に有用である。それは一定以上のスタミナが無いと攻略出来ないヒロインがいたため、そのヒロイン用に入手する紳士は多かったはずだ。

しかしゲームが現実になってしまったこの世界において、超有益スキルに化けているの

ではないかと、俺は踏んでいる。

「走れる距離がどれだけ増えてるか、後で調べないとな」

タイムを確認したところ、百十分ほどかかっていた。二周目だから少し疲れていたのだろうか。前回より落ちている。

「もうすぐ昼だし、メシ食って……それからダンジョンに潜りますかっ！」

目的のスキルが二連続で手に入ったこともあり、意気揚々と食堂へ向かう。

昼食は、毬乃さんが忙しくないとき（滅多にない）であれば、お弁当が用意されることがある。しかし基本は購買での購入や食堂での昼食が多い。ここ最近は魔人族が出現したことで毬乃さんはもとより、姉さんも忙しそうにしていた。

「午前中に瀧音君は何してたの？」

「何って、修行に決まってんだろ」

真面目に授業を受けていた伊織と合流し、ツクヨミトラベラーで予約、そして支払い済みの定食を受け取る。伊織もツクヨミトラベラーで予約していたようで、すぐに受け取っていた。

「ええ……」

伊織は呆れ、ため息をつく。まあ授業をサボって修行なんて普通の思考ではしないからな。

ふと彼の昼食を見てみると、いつもよりすこし豪華な食事が置かれている。

「お、定食のランクが上がったな！」

「うん、以前の魔人族討伐でツクヨミポイントがたくさんもらえたんだ。ほとんどモニカ会長のおかげで討伐できたんだけどね」

ツクヨミポイントはこのツクヨミ魔法学園で使えるお金みたいな物である。このポイントはダンジョンで得たアイテムや魔石などを、学園が買い取ったときに付与される。またダンジョンを初回攻略したときや、記録的な攻略を行った者、研究で成果を残した人などにもポイントが付与される。俺も十階層を初見攻略した事で、一年生にしては少なくないポイントが付与されていた。

「だから豪華なんだな」

ちょっともったいないような気がするが、まあ食事のポイントは誤差の範囲か。

ちなみに俺はツクヨミポイントではなく、毬乃さんがチャージしてくれていたポイントとは別で管理されるお金で払った。チャージされた金額は一番高い定食が数千回注文できるくらいの金額だ。ちなみに一年分らしい。いや、絶対使い切れないよね？

ちなみに現金を直接ツクヨミポイントに換えることは出来ないらしい。ただ、魔法具を購入してツクヨミポイントに変換することは出来るとのこと。ゲームでは基本ツクヨミポイントしか使わなかったから、現金が使えると知って驚いたものだ。

「瀧音君はいつ見ても豪華だよね……」

まあ、それは生まれの差だと思って諦めて欲しい。今思えば、金とか権力がある生徒が優遇されるシステムだよな。言われてみれば、学園上位に居る生徒の親は貴族や大商人なんかが多い気がする。

「育ち盛りだからな」

あえて意味不明なことを言って誤魔化す作戦に出る。まあ毬乃さんから貰ったと言っても良いんだが、説明の過程で実の両親が亡くなった話をすることになる。

わざわざ空気を重くする必要も無い。

「そういや授業はどうだった？」

「うーん。どう説明すれば良いのかな……？　普通だった？　あ、そういえばだけどね」

「そういえば？」

伊織は食事の手を止め、言いづらそうに口をもごもごさせる。

「その、ね。一部の人が瀧音君の悪口を言ってたから……」

「あぁ、まあ察せられるよ。おおかたリュディのことだろ？」

ゲームでは感じられない物で、現実で感じる物の一つに視線や敵意がある。

リュディはＬＬＬという近衛騎士隊があるくらいで、学園内の人気は凄まじい。それなりに仲の良い俺はそれはもう目の敵にされている。リュディが基本心を開かず、お上品な

がらも素っ気なく振る舞うのに、なぜか俺とはよく話しているからというのもあるだろう。

いやまあ、あんなことがあったから仕方ないのかもしれないが。

だからか学園の新入生、上級生問わず、羨望(せんぼう)の視線から怨嗟(えんさ)のこもった視線に、果ては魔力をぶつけられることすらある。

「それもあるけどね……今日みたいにサボることもあるし、午後授業にはほぼ出ないし……劣等生だなんて言う人もいて……」

そこら辺はまがう方なき真実だ。

「まあ、確かにそれはその通りだな」

弁明のしようがなく、甘んじて受け入れるべき評価である。座学ですら惨(むご)いものもあるからな。

「それから発展して、風紀を乱すアイツは追い出すべきだ、なんて声も聞こえて……見たところＬＬＬ所属の人なんだけど……」

なるほど、リュディと仲良さそうにしている俺を、あわよくば追い出したい、という事だな？

まあ、追い出されたところで、リュディがその人になびくとは到底思えないのだが……実害はないしほっとくのが吉か。

「そうか、すまんな。いやな気分になっただろ？」

「いや、僕より瀧音君が……」

こういったやっかみなんかは、スクールカースト上位にいれば、自ずと防げる物だ。しかし劣等生を否定できないし、授業サボってるし、まだクラスメイト皆と仲良くなってるわけではない。しかし女生徒は皆可愛いからとりあえず仲良くはなりたい。なんでエロゲやアニメとかのモブってやけに皆可愛いんですかね。

そもそもリュディに対する嫉妬なんかは、クラスどころの騒ぎではなくて学園全体の話だ。学園内である程度の権力を持たない限り、それを防ぐのは無理なのかもしれない。

「なぁに、俺は気にしちゃあいないぜ。俺はこの学園で最強になる男だからな。これくらいの逆境なんて屁でもないさ」

「そっか……その、瀧音君は強いね」

「おう、最強だからな」

何言ってるんだよ、とばかりに伊織がクスリと笑う。彼は真面目に俺のことを心配してくれているらしい。

ゲームをプレイしているころから思ってはいたが、主人公はタイヘン良い奴だ。もしコイツが女でエロゲのヒロインだったら、顔がどうであれ数居る嫁の一人になっていたであろう。

と俺がパフェを食べているとじっとこちらを見ている伊織に気がつく。

俺はスプーンで生クリームを掬って彼の顔の右側へ持っていく。すると視線が右へ。今度は左へスプーンを移動すると伊織の視線は左へ。

なんだ、この小動物は…………！

―リュディ視点―

幸助に対して悪い噂が立っているのは、うすうす感じていた。私の耳に入らないように辺りの人が配慮していたのだろう。しかし私に教えてくれた者達がいたため、その配慮は無駄になった。とはいえそれは配慮なのだろうか？　むしろ私の怒りを買わないための根回しとしか思えない。

とはいえ幸助自身も悪いとは思う。ただでさえ学力が低いというのに、授業をサボり、午後授業もほぼ出ることはなく、いつも飄々としている姿は、普段真面目にしている学生からすれば鬱陶しい事この上ないだろう。

また幸助の言い分も理解できるのが、この問題を解決するのが難しい要因になっている。

「そもそも俺が午後授業に出る理由が思い浮かばない。接近戦闘を得意とする奴は午後授業を受けず、学園内外の道場やサークルに顔を出している奴が多いじゃないか。俺はその分ダンジョンに潜ったりしているだけだ。たまに甘味処に行くこともあるが。それにサボる授業はなるべく得意な授業を選んでる。その分しっかり修行できてるし問題は無いだろ」

確かにそうなのだ。午後授業にほとんど出ない生徒は思ったよりも多い。そして彼がサボっているのは数学や体育といった彼の得意な科目の時が主だ。

いやそれは置いておきましょう、今は彼の風評についてだ。

「要は悪目立ちしているんだよ」

幸助の友人である聖(ひじり)伊織君はそう言った。

「トレーフルさんを悪く言うつもりはないんだけど、原因はＬＬＬ(ラブラブリュディヴィーヌ様)の近衛騎士隊(ファンクラブ)にあると思う」

「そうね、それはアタシもそう思うわ」

聖君の言葉に加藤里菜(かとうりな)は同調する。

「要するに嫉妬よ嫉妬！　羨(うらや)ましい奴がいるとね、そいつについてあら探ししたくなるのよ。いるのよねぇ、そんな奴。相手を貶(おとし)めて自分が勝った気にでもなるの？　ならないでしょ。むしろ自分を磨いて、好きな人に見向きされるぐらい立派になりなさいよ」

なんだか妙に実感が籠(こ)もった言葉だ。

「瀧音君は別段気にした様子がないんだよね。むしろ瀧音君と仲が良いクラスメイトの方が怒りとかショックを受けてるように見えるかな」

それはまるで、

「今の私達のように、ね」

本当にアイツは人様に心配をかけて、何も思わないのだろうか。いやそもそもアイツの場合、私達が幸助のことで悩んでいること自体知らない可能性がある。アイツはやけに鋭いときと鈍いときがあるから。

「彼がおこなっている修行の一端でも知れれば、他の人も異を唱えることをしなくなるのでしょうが」

と私が言うと、里菜さんは顔をしかめた。

「アタシ幸助の事よく知らないんだけど、アイツってどれくらい努力してんの？」

「ええ、私達の知り合いに風紀会の人が居るのですが、その人曰く『異常』。常軌を逸した努力家。いやがるような基本や反復訓練も文句を言わず、狂ったように一心不乱に行い続け、気持ち良くなるぐらいに結果をだす、と絶賛していました」

「僕はどん引きしているようにも聞こえるんだけど……」

「彼曰く『超クソゲーのＲＴＡに比べたら何倍もマシだ』とのことです」

分からない単語があるせいで、私には意味が分からない。どうやら里菜さんや聖君も意味が分からない模様だ。

「まあクラスメイトのアタシ達が分からないなら、より接点のない奴らがアイツの努力を分かるわけ無いわね」

「そうだよねぇ。僕も普段の瀧音君しか知らないから……」

　里菜さんの言葉に聖君も同意する。何でアイツは学園ではあんななんだろう、家にいるときはあんなにも修行やら勉強やらしているというのに。

「家ではあんなにも――」

「家？」

「家？」

　私は小さく咳払(せきばら)いをする。

「家でも飄々としてそうですね」

　失念していたが、同居しているコトは一部を除いて秘密であった。

「？」

　聖君ははてなマークを浮かべているが、里菜さんの方はなんだか眉根(まゆね)を寄せている。カトリナは勘が鋭いから気をつけろ、と言われていたのに、なんという失態だろう。

「彼は噂されていることを、どう思っているのかしら？」

　私は流れを変えるため、話を変える。それに乗ったのは聖君だった。

「ああ、それはね。すごくどうでも良さそうだったよ。食事中だったんだけどね、全く手が止まることもなかったし、すごく美味(おい)しそうにパフェ食べてたし。その後『心配かけた詫(わ)び』ってことでパフェをおごって貰ったんだけど、すっごく美味しかったんだ！　イチゴがね、大きくて甘いの！」

なんだか幸助よりもパフェがメインになってないかしら？

キラキラと目を輝かせる聖君を見てふと思う。彼は『心配かけた詫び』ではなくて『聖君の物欲しそうな視線に耐えられなくなった』からおごったのではないか。

……さすがに違うわよね？


「なに、気にする必要は無いだろう」

そう言うのは、幸助が師匠と崇める水守雪音風紀会副会長である。

「瀧音はバカではない。絶対にそうなることを予測していたはずだ。だからこそ起きてしまった現在もそれを問題として捉えておらず、今もダンジョンに籠もっているのだろう？」

私は頷く。

「以前から私は一目置いていたが、さらに一目置かざるを得ないな。個人的な意見ではあるが、他者の視線や言葉というものは、人間にとって非常に影響を受けやすいものだ」

その意見には同感である。

「確かに、瀧音が褒められることをしているとは言えない。そもそも私は風紀会副会長でもあるから、注意しなければならない立場でもある」

しかしだ、と雪音さんは声を一段強める。

「もし彼が強さを求めるという点で考えれば、とても理にかなった行動だ。それを他者か

らの意見によって自分を曲げず、効率よく自身を鍛える姿は賞賛を浴びるべきだ。そもそも瀧音は直接他者に迷惑をかけているわけではないのであろう？」

　私は頷く。雪音さんの言うとおりなのだ。彼は授業にしっかり出席していないだけで、授業そのものを遅延、妨害しているわけではない。

「私がＬＬＬに注意をすれば良いのでしょうか？」

　私がそう言うと、先輩は首を振る。

「いや、ＬＬＬに関してはよっぽどの事を起こすまでは放置しておいた方が良い。それはＭＭＭ（モニカ様マジモニカ）やＳＳＳ（ステファーニア様すごくステファーニア）で立証、確認済みだ。一部のファンは注意を受けるとより嫉妬心を燃やし、行動が過激になっていく。ステフ隊長はそれでわざと暴走させ、見せしめ鎮圧する荒技をやってのけたがな」

　それは、その……。あの二人も苦労しているのね。

「ため息をつきたくなるのも分かる。まあ、モニカ会長は同情しても良いが、ステフ隊長は……いや失言だった。今の言葉は忘れてくれ」

　現聖女であらせられるステファーニア様はとても良い噂が多い、というより良い噂しか聞かない。しかし私はそれになんとなく違和感を覚えていた。普段の彼女の笑顔が仮面に見える時があるのだ。

「そろそろ話をまとめよう。瀧音は現状を理解しているのだろう？」

「それは幸助の友人が確認してくれたわ」

「ふむ、瀧音の事だ。焦ることもなく普段通りに過ごしているなら、何かするさ。それよりも私達は瀧音に置いて行かれないよう、修行に励むべきだ」

「確かに、アイツダンジョンに行くようになってから、異常な程実力が上がった……私はもう置いて行かれそう」

いや、置いて行かれている。彼とクラリスの手合わせが結果を如実に示す。クラリスが膝(ひざ)をつき、幸助が立っている場合があるのだ。

クラリスも思うところがあるのだろう。敗北を喫する確率が上がってから、彼女は自分の修行時間を増やした。

「私も焦燥に駆られているよ、短期間でこんなにも実力をつける人間など初めて見た」

と雪音さんは嬉(うれ)しそうに話す。そしてふと何かを思い出したのか、そういえば、と話を切り出す。

「……リュディは瀧音と一緒に毬乃学園長の家に住んでいるのだろう？　私は君がとても羨ましいよ」

「羨ましい？」

「ああ、彼と一緒にいれば修行に対するやる気が変わってくるだろうな。毬乃さんやはつみさんに魔法のことで質問も出来る。自身を鍛えるにはこれ以上無い最高の環境だ」

思わずため息が出た。そういえばこの人も幸助に負けず劣らずの修行バカである。

「話を戻すが、もし実力差をつけられるのが耐えられないならば、いっその事はっきりと聞いてみたらどうだ？　どうしてそんなに強くなってるのか教えなさい、と。案外瀧音はさらりと答えてくれると思う。むしろ私も聞きたいから直接聞いてみようか？」

と先輩と仲良さそうに話す幸助を想像し、

「いえ、自分が聞きます」

そう答えていた。先輩は、そうかと頷くと、

「……瀧音はこれから先、今まで以上の嫉妬（しっと）やねたみを受ける可能性がある」

そう話を切り出した。

「場合によっては今以上の酷（ひど）さになるかもしれない。まだそれは可能性だ。瀧音がうまく回避するならば、それは起こらない」

だけど、

「幸助は目的のためなら、自分の評価を気にしなさそう」

私はそう思うし、実際それを今行動で示しているではないか。

「その通りだ。そしてそれだけではない」

それだけではない？

「あいつは目的が大切な人のためなら自らの命をも気にしないのさ。それはリュディが一

番知っているだろう？」

あっ、と声が漏れる。

「私は瀧音を一緒にいればいるほど気に入っている。だから言えるのだ」

雪音さんは殺気すら感じる真剣な表情で、私の前で仁王立ちする。

「瀧音がどれだけ学園生に嫌われようとも、私が瀧音の味方であることは揺るがない」

それを言ってからじっと私を見ていたが、不意に花を咲かせるように笑いだした。

あいつは悪い奴には思えないからな、だなんて。

その言葉は、すっと私の心に優しく降りて、それでいてきゅっと締め付けた。幸助は雪音さんに出会ってそれほど経過していないと言うが、全幅の信頼を置くのはこういった理由なのだろう。

「リュディヴィーヌ・マリー＝アンジュ・ド・ラ・トレーフル殿。あなたはどうだろうか？」

そう問われ、幸助の事を考える。

彼は私の本当の性格を知っても引くことなく、むしろ付き合いやすくなったぜと、気楽に話しかけてくれた。家族やクラリス以外で自分の素を出せる人は他にいるだろうか？

次に頭に浮かんだのはあの花邑(はなむら)ホテルでの一件だ。

十年以上トレーフル家で働いていた彼の裏切りに、絶体絶命だった状況の中、彼は死を

恐れず私達の盾になってくれた。

「幸助……」

それだけではなかった。

私がダンジョンに飛ばされた時も、同様だった。

特にあのオーガだ。

私は逃げ切れないと悟って、絶望し諦めた。でも幸助は違った。彼は私の前に立ち、一度でもまともに食らえば死んでしまうであろう攻撃を紙一重で避けながら、戦った。私を守るために。

今思えば、私がピンチの時はすべて彼が助けてくれている。

じゃあ、私は？

もし彼が追い詰められているとしたら、私はどうしたい？

もし彼が悩んでいたら私はどうしたい？　そんなの決まっている。

「私も、幸助の味方であり続ける」

もし彼が困っているのならば、今度は私が助けたい。そして彼のそばに居続けたい。

言い切った私をまるで聖母のように優しくじっと見つめる雪音さんを見てると、なんだか恥ずかしくなって顔をそらす。

「そ、それにラーメン仲間がいなくなるのは寂しいですし、ね」

雪音さんは、はっはっは、と笑った。

「そうだな。なら、大丈夫だろう。何かあれば我々が支えてやれば良い。まあ、そもそもだが、彼は今助けが必要そうに見えないからな。今回ばかりは私達が何かしなくても瀧音は解決するよ。それがどういった形になるかは予想が付かないが」

幸助を評価している人間は多数いる。毬乃さんもはつみさんも私もクラリスも。しかし誰よりも評価しているのは雪音さんのような気がした。

「よしっ、では修行を再開しよう。リュディもどうだ？」

雪音さんは意気揚々と体を伸ばし、さわやかにそう言った。

私は満面の笑みを浮かべる。そして首を横に振った。

断固拒否である。

雪音さんと幸助の訓練はドMの境地にたどり着かないとこなすのは無理だろう。「軽くランニングだっ！」と言ってフルマラソンするとか頭のねじが外れている。

落胆した表情の先輩に、罪悪感が少し芽生えた。しかし無理な物は無理である。

「ああ、おいしし」

そう言って毬乃さんは幸助が淹れたコーヒーから口を離す。魔人族関連でごたごたしていたせいで、久しぶりに毬乃さん達と夕食を共に出来たというのに、彼はコーヒーと紅茶を淹れてすぐに食後の素振りに出てしまっていた。

「ほんと美味しい」

そう言って幸助が淹れたコーヒーを飲むはつみさん。

「くっ」

悔しそうに紅茶を飲むクラリス。確かに彼はコーヒーだけでなく、紅茶も淹れるのが上手い。どうしてこんなにも美味しいコーヒーや紅茶が淹れられるのかと尋ねた時は、『脱サラしてカフェを開くのもいいかなって思ってたんだよ』とツッコミどころ満載な台詞を残し、話をはぐらかされた。脱サラはジョークだとして、本当はどういった理由だったのだろう？　亡くなられたご両親が好きだった？　ならば言いづらいか。

幸助のことだから会話を重くすることをいやがり、配慮してくれたのかもしれない。

「目に余るくらい休むようなら注意しようかとも思ったのだけれど、出席日数を計算しているようだし、苦手な科目こそしっかり出席しているのよねぇ……」

毬乃さんの言うとおり、幸助は自分の苦手科目こそ、なるべく出席するようにしている。これが素行不良の生徒であれば、苦手な教科こそサボるのであろうが。

「むしろこうすけの成長度合いが目に余る」

とはつみさんは淡々と話す。ははっ……、とクラリスが乾いた笑いを漏らしていたが、一番彼と手合わせしているクラリスが、彼の成長を一番感じていることだろう。

「危ないお薬でもやってるのかしら？　なんて考えちゃうくらいには異常よね」

「私も欲しい」

はつみさんも理解しているだろうが、そんな物は実在しないだろう。

「やはり授業を欠席している間に、何かしらをされているのでしょうか？」

と、クラリスが言うと毬乃さんは頷いた。

「そうね、しているわ。それもしっかり学園の記録に残っているの。ただその記録がね……異常なのよ」

「ええと……異常ですか？」

と私が言うと、毬乃さんは話を続ける。

「ええ、おかしいのよ。コウちゃんは初心者ダンジョンに挑み続けているのだけれど……まあそれはわかります。まだ学園では一年生にツクヨミダンジョンを解放していないから」

ツクヨミダンジョンは初心者ダンジョンとは比べものにならないほど、難易度が急上昇するらしい。そのためある程度ダンジョンについての教育を受けた後、初心者ダンジョンを攻略した者のみ攻略が許可される。その教育が終わる予定が来月初め頃であるが、残念な事に定期考査と被っているらしく、テスト後にならなければ潜れない。

毬乃さんは、これは「個人情報だから、本当は機密事項よ？」と前置きして話し始める。

「コウちゃんはね、一日に複数回もダンジョンに潜ってるの。複数回よ？　普通一日一度潜れば十分じゃない？　それも食事の時間を除けば二時間おきに。それだけでも異常なのに、何より異常なのは、彼がしっかり攻略を終えていることなのよ」

はぁ、と毬乃さんがため息をつく。するとクラリスが驚いた様子で毬乃さんに質問した。

「攻略を終えている？　一日に複数回も？　すみません、私、毬乃様に初心者ダンジョンは十層ダンジョンと伺った記憶があるのですが」

初心者ダンジョンに挑んだことのないクラリスはそんな疑問を口にする。

「ええ、そうね。十層よ。しっかり計測をした事は無いけれど、学園最速攻略であることは間違いないわ」

「瀧音様は一体ダンジョンで何をしているのでしょうか？」

クラリスの疑問は、この場全員の疑問である。

「それが分かればコウちゃんの成長も説明できそうね。毎日ランニングや、素振り、そして第三の手第四の手の常時エンチャント、それらだけではとうてい説明出来ない成長度合い。いえ、今連ねた物も一部おかしいのは理解してるんだけれど……」

と毬乃さんは苦笑する。

あのツクヨミの魔女である毬乃さんでも常時エンチャントなど不可能だ。それを可能と

しているのはあの類稀な魔力量の幸助だけ。

まったく、今の花邑家は一体何なのだろう。

歴史に名を残す魔法使いを輩出してきた花邑家の血筋ではあるが、今代が一番魔法使いに恵まれているかもしれない。毬乃さんに時空魔法の権威であるはつみさん、そして幸助。

「花邑家は魔法使いから商人に鞍替えしたようだ」なんて揶揄されていた時期もあったらしいが、今では聞くことはない。

「こうすけの凄いところは……どこか達観した思考かも」

確かに。幸助はまるで実際より何年も生きてきたような落ち着きがある。学園では学生達のノリに合わせた阿呆な振る舞いをしているが、内心はしっかりしていて、場合に合わせてしっかり切り替えることが出来る。

そして他の生徒にはない芯みたいな物があって、ふとした拍子に見せる哀愁を帯びた表情に、不思議と重みのある言葉は、彼が年齢を偽っているのではないかと錯覚させる。

ただ彼が過ごしてきた環境を鑑みれば、そうならざるを得なかったのかもしれない。

「……私は生き急いでいるようにも、見えるのよね」

毬乃さんはぽつりと、そう呟く。すると辺りは沈黙に包まれる。確かにそうも見ようと思えば見えるのだ。いつ倒れてもおかしくない程の鍛練なんて、普通はしない。

「ごめんなさい、こんな話すべきではなかったわね」

毬乃さんは私だけを見ながらそう言った。つまりそういうことなのだろう。

でもそういうことは言って欲しくない。私は見て、知って、そして彼の助けになりたいと思っているのだから。

「なんだかコウちゃんが羨ましいわ……」

私達を見ていた毬乃さんは、そう呟く。

「幸助がどうしてダンジョンに潜り続けているか、私が聞いてみます。幸助のことですから、案外自分の成長が楽しくて、攻略しているだけかもしれません」

私がそう言うと、毬乃さんは苦笑して頷いた。

「コウちゃんだったら何でもあり得そうなのよねぇ」

それについては同感だ。

パン、と毬乃さんが手を叩く。

「なんにしろコウちゃんは頑張って自分を高めている。だったら私達は頑張っているコウちゃんを労ってあげましょう。学園では色々と鬱憤がたまっていそうだものね」

そう言ってウインクする。

そして真っ先に頷いたのは、はつみさんだった。しかし彼を労うならば真っ先に行動しなければならないのは、ＬＬＬで迷惑をかけてしまっている私だ。私のせいではないと言えばそうなのだが。

「何をしてあげるのが良いでしょうか？」

と私が尋ねる。

「そうね、例えば『褒めてあげる』、『マッサージしてあげる』、『好きな物をあげる』、『添い寝』、『頭をなでる』、『添い寝』、『耳かきをしてあげる』、『添い寝』、『添い寝』なんかどうかしら」

なぜ添い寝をこんなにも推すのかしら。場の空気を一度重くしてしまった為に、冗談で笑わせようとしているのだろうか。とはいえエッチな彼の事だ。私は苦笑しながら、

「確かに喜びはしそうです」

と答える。現実的に考えればマッサージが良いだろうか。今も食後の運動と刀を振っている彼にしてあげても良いかもしれない。

まずクラリスにやり方を聞かなくちゃ、そんな事を考えながら彼が淹れてくれたロイヤルミルクティーに口をつけた。

そういえば先ほどはつみさんが部屋から出て行った後に、毬乃さんが「花邑家の未来は安泰ね」と言っていたが、いったいなんのことだったのだろう。

汗だくの体をシャワーでながし終えた俺は、自室に戻ると備え付けの冷蔵庫から冷えた

コーヒー牛乳を取り出す。自分の部屋に冷蔵庫があると、こんなにも便利なんだと実感しながら、備え付けられていた高そうな椅子に座り、机に置かれていた本に手を伸ばす。

そして、本をめくったそのときだった。部屋のドアがノックされたのは。

ノックの音でそれが誰かは分かった。

リュディやクラリスさんであればノックと一緒に声をかけてくるため、すぐに分かる。毬乃さんはノックの後に間を空けずに入ってくる。エッチなことをしていたらどうするのだろう。ちょっと興奮しそう。

俺は開いた魔術本にしおりを挟みながら声をかけた。

「どうしたの姉さん」

声をかけると、ガチャリとドアを開け、姉さんが入室する。姉さんは何も言わずにベッドに腰掛けると、隣に座れとばかりにポンポンと叩いた。

何をしたいのか分からなかったが、俺は彼女の指し示す場所に座る。するとどうしたことだろうか。

「あの、姉さん。一体何をしていらっしゃるのでしょう」

頭に手を置かれ、ポンポンと軽く叩かれる。

「こう?」

それから手を押しつけるようにして頭をなで始める。

「ええっと。どうしたの？」

いや、その。急に部屋に入ってきたと思ったら頭をポンポンされて困惑しないわけがない。こんな至近距離で姉さんの匂いが鼻から入ってきて、体が触れ合っていて、困惑しないわけがない。

「こうすけは頑張ってる」

姉さんなりに褒めてるのか、それか励ましてるのだろうか。しかし褒められることも、励まされるようなことも覚えはこれっぽっちもないのだが。

「元気、出た？」

「で、でました」

元気が出たというか、その出かかっているのを必死で抑え込んでいる。もちろん俺は紳士であるが故に、そりゃあもう顔には出さないよう努めている、のだが。しかしですね、こう密着されるとね、どうしても象徴たる部分に元気が集中してしまいましてですね。

ヤバイ。

「むぅ……」

と、俺を見てそんな言葉を漏らす。俺が困惑していることを察したのだろうか。それともあっちに気が付いてしまったのだろうか。下はまずい。

俺が下を向いていたせいだろうか。

「もしかして太ももをなでてほしいの？」

姉さんは急にそんな事を言い出した。

キャバクラかな？　読書しているうちに、キャバクラに迷い込んじゃったのかな？　急に異世界とかエロゲ世界に行くことがあり得るから、迷い込んでても不思議ではないな。

と、俺が何も言わないことを肯定と受け取ったのか、彼女は太ももを触り始める。

「どう？」

「ね、姉さんちょっと待って」

と、姉さんは手を止める。俺は矢継ぎ早に言葉をかける。

「と、とりあえず元気でた。そういうことにしてくれ！　だから姉さん、ありがとう！」

と俺が太ももの手を取って姉さんの膝（ひざ）に置こうとする。

「そう……」

しかし姉さんは俺の手を放さないまま立ち上がると、

「よし……っ！」

と言ってもう片方の手で、布団をめくった。

俺は混乱の極みにあると言っても過言ではない。

そもそも、何のヨシなのか。ヨシと言ってもいくつか種類があり、ベッドに入る事を許可してのヨシなのか、ペットにご飯をマテした後にヨシのよしなのか、よしいくぞー！

のヨシなのか、イネ科ヨシ属多年草のヨシなのか。

いや落ちつこう。まずは直接聞いて意図を理解するんだ。

「ね、姉さんこれは一体どういうことなのでしょうか！」

「疲れたときは寝るのが一番」

ベッドインＯＫのヨシだった。いや、現状を見ればそれ以外なかったかもしれない。

しかし、姉さんが言っていることは正しいっちゃ正しい。寝ることは精神的にも肉体的にも有効だろう。

じゃあ、何で姉さんは俺の手を握ったままで、そんな事仰（おっしゃ）るんですかね？

「そ、そうだね。じゃあ、着替えて寝るから……」

とドアに視線を向け、着替えるから出てってください、という意思表示を行う。

「分かった」

と言っていたが、彼女は分かっていない。部屋を出る気配がないし、体はミリ単位も動かない。

「ね、姉さん。ちょっと着替えを見られるのは、その、は、恥ずかしいかなっ」

と俺が言うと姉さんは頰を少し赤らめ、目を伏せる。

「私も恥ずかしい……」

んじゃ出てってくれよぉぉぉぉぉぉおおおお。まったく出てく気ないよな！

「大丈夫、隠すから」

と言って俺から手を放すと、両手で顔を覆う。しかし指には隙間が空いているように見受けられるのだが。

そういや以前姉さんとお風呂場でニアミスしたとき、毬乃さんに同じような事されたなあ！　やっぱり親子だな！　ってそんな事はどうでも良いんだ。

「わ、わかった」

何が分かったのか分からないけれど、とりあえず着替えよう。あの隙間から覗(のぞ)く目は意識からはずそう。着替え始めれば、天変地異が起こって目を閉じるかもしれない。

クローゼットから寝間着を取り出す。ちらりと姉さんを見るが、冬場だったら室内が氷点下になりそうなくらい開いていた。

ええいままよ。

俺は思い切って服を脱ぎながらちらりちらりと姉さんを見る。あの……手、隙間大きくなってる。ガン見してる。

「あの、姉さん」

「緑色のパンツなんて見てない」

めっちゃ見てんじゃねぇか！

着替えを終えて姉さんがめくってくれた布団に入る。ようやく羞恥(しゅうち)プレイが終わったか

と思った時だった。姉さんが脱ぎ始めたのは。

「ね、姉さん、な、何するの？」

姉さんは表情はいつものままながら、頬を少し赤らめて、

「添い寝」

と呟いて、上着を脱ぎ、ポイッとその辺に置く。

添い寝って脱ぐ必要あったっけ？　と俺が混乱している間に姉さんはどんどん脱ぎ、どこからか取り出したネグリジェ姿になっていた。デカかった。

姉さんは布団をめくると俺の隣に入り、なぜか体を密着させてくる。

頭が沸騰しそうだ。

ええと、これはいったいなんなんだ。一体なぜ俺は姉さんと添い寝しているんだ。姉さんは悪魔にでも操られているのか？

「こうすけ」

「ん？」

「こっち向いて」

と俺が布団の中でもぞもぞ動き振り返ると、姉さんに抱きしめられた。

なるほど、ここが楽園（エデン）か。

すばらしい。いままでの幸せをすべて凝縮したような巨峰が、私の頭を包み込んでいる。

脳に麻薬を直接ぶち込んだような、すさまじい幸せで満たされている。戦争がなんだ、宗教がなんだ、エロゲがなんだっ！　ここは楽園だ！

…………いやちょっとまて、落ち着いて現実に戻れ。

一体どうしてこうなった？

最初はただ頭をポンポンされただけだ。そしたら太ももをサワサワされて、気が付けば目の前がポヨンポヨンしてる。ダメだ……擬声語（オノマトペ）でしか考えられなくなっている。

でも考えれば考える程、誘っているとしか思えない。

いやしかし、俺は姉さんとは恋仲ではないし、もし俺が野獣になって、姉さんが毬乃さんに怒りの報告を行ったら、俺の人生はどうなる？

あってはならないことだ。

ゲームのＲＴＡ（リアルタイムアタック）を思い出せ。アレは危険な攻略ではなく、安定した攻略も重要だろう？

よし、落ち着こう。そしてマジエクでの姉さんの攻略を思い出すんだ。そこに活路があるかもしれない。

姉さんの攻略。姉さんはええと主人公に特殊な魔法を授けてくれるだけのキャラで……ええと主人公のチートに拍車をかける魔法を授けてくれて……ええと。

姉さんマジエクの攻略対象（ヒロイン）じゃねぇええええええぇぇぇぇぇ！

どうする。俺はどうするべきなのか。

クソッ、俺の中に居る悪魔が囁いてくる。

悪魔：おいおい、姉さんはこんなに誘ってるんだぜ？　花邑家での立場なんて気にせずやってしまえ。

これじゃぁだめだ。俺の中に居る天使に悪魔を止めて貰おう。頼む、悪魔を止めてくれ。

天使：はつみさんを気遣いながら優しくやってしまおうぜ。

天使なんか、いなかった。満場一致だった。

よし、武士は食わねど高楊枝なんてくそ食らえだ。据え膳食わぬは男の恥。心は、決まった。

「ね、姉さん……」

俺は姉さんを抱きしめる手を少し強める。そして、
意を決して声をかける。しかし反応はない。顔を上げて、気が付いてしまった。

「……すー……すー……」

「ね、寝てる……だと……」

このやり場のない高ぶりはどうすれば良いのだろう。

「……………寝よ」

と、目をつむる。しかしどうだろう。

「んっ」

姉さんが少し身じろぎする。そして俺を抱きしめる手に力を込め、そのまま規則正しい呼吸を始める。

「あのさぁ……」

姉さんの匂いも肌の柔らかさも呼吸に合わせて一定に動くその体もいちいち気になってしょうが無い。

「………ねむれない」

明日はダンジョンに挑もうと思ってたんだけどなぁ。

五章　美少女メイドななみ

CONFIG

Magical Explorer
Reincarnated as a Eroge Hero's Friend, I'll live freely with my Eroge knowledge.

最強になることは当然として、もう一つ重要な事がある。それはなるべく早く強くならなければならないことだ。それは伊織やカトリナに追いつかれるから、という理由もある。

特に伊織だ。マジエクではある程度キャラが成長し、お金や武器防具がそろい、いくつかのダンジョンに行けるようになる等の条件がそろうと爆発的に成長する。

今伊織と戦えば俺が圧勝するだろう。誇張でも何でもなく事実だ。初心者ダンジョンもそうだが、なによりリュディを助けに行った『諸行無常の御館』の影響が大きい。

しかし伊織が爆発成長する第一次成長期以降も勝ったままでいられるか分からない。

俺がしなければならないことは、今は勝ってるからと慢心せず、常に全力前進する事だ。

しかし、早く強くならなければならない理由の一番はそれではない。俺の真の目標を考えればそれはどうでも良いことだ。

マジエクには時間制限のあるイベントがある。もし俺の成長が遅く助けられなかった、となることだけは絶対に避けなければならない。

ではどうやって成長するのが良いだろうか。案はいくつかあるが、どれにも共通していることは、ソロは止めた方が良いであった。

そのため来たダンジョンは初回特典のアペンドパッチで追加される『薄明の岫』である。用があるのは最奥。『諸行無常の御館』で経験を得た俺が、道中のモンスターから得られる魔素も戦闘の経験もドロップアイテムも不要だと思ったらどうするのが正解だろうか。

もちろん全無視である。

「水の陣刻魔石は持った、回復用のポーションも持った、ストールに水のエンチャントも済んだ」

ボスの居る十層前でアイテムと装備の確認をしていく。すべてあるのを確認しストールの両手でファイティングポーズを取ると、部屋へ突撃していく。相変わらず薄暗い洞窟ではあるが、広さはこのダンジョンで一番だった。そしてその部屋の中心には一匹の魔物が立っていた。

それの見た目は誰が見ても黒猫と言うであろう。その耳もその目もその尻尾も、どこをとっても猫にしか見えない。

しかしちっちゃくて可愛くて、一緒にごろごろにゃーんしたくなるような猫では無い。まずデカい。二回り大きくしたような、もはやトラに近い大きさだ。そして鳴き声が低い。「にゃぁぁあああ」と鳴き方は一緒なものの、異様に低いせいで普通に恐い。

グルグル鳴いていた猫だったが、ゆっくり立ち上がり、こちらに近づいてくる。そして自身の横に二つの燃える車輪を生み出した。

「ふにゃぁぁぁあああ！」

鳴き声と同時にその燃えさかる車輪を連続して飛ばしてくる。

俺は燃えさかる車輪の片方を第三の手で弾き、もう片方を避けると、それぞれがそのまま壁にぶつかり、消滅していく。

それを見た猫は苛立ったように鳴き声を上げると、もう一度二つの車輪を生み出した。『薄明の岫』のボス『火車』は猫の皮を被った魔物である。元ネタは日本の妖怪『火車』であるらしく、それはスタッフブログでも明かされていた。

俺はまた飛んできた車輪を受け流しながら、前へ前へと進む。水のエンチャントのおかげか、こちらに飛んでくる車輪は簡単に受け流すことが出来る。

俺は火車との距離を詰めると、第四の手で頭を殴ろうとする。しかしそれは前に突撃されることで簡単に回避されてしまった。いや、回避だけでは無かった。そのまま火車は俺に噛みつこうと大きく顎を広げ、自慢の牙を見せつけるように俺に飛びかかってきた。

勢いよく飛びかかってくる火車に、俺は空いていた第三の手をその胴体に思い切り叩きつける。

「ギャウン」

「こ、こわぁ」

ここまで飛び込まれながらも反撃が間に合うため、火車の動きが先輩よりは遅いのは確実だ。しかし道中の魔物が低速ばかりだったから……そのぶん速く見えてしまう。

今までの魔物と火車の違うところは、カウンターで壁まで飛ばしても、しっかり意識を保っていることだろう。今まではほぼ即死か意識が半分飛んでいた。俺は空中でバランスを整える火車を見つめながら、刀の鞘に魔力を込め抜刀準備を行う。

着地に成功した火車はすぐさま地面を蹴ると、こちらに向かって飛びかかってきた。今度は牙ではない。どこにしまい込んでいたのか、忍者が持っていそうな鉤爪みたいな爪を、デカすぎて可愛らしくも無い手から出し、こちらに飛びかかる。俺は心眼スキルを発動させながら迫り来る爪を第三の手で弾く。すると火車は一旦横に回り込むと、今度は左の手を伸ばしながらこちらに飛びかかる。こちらは第四の手でしっかり防御し、鞘に込めていた魔力を解放させ刀を抜いた。

その時点で俺は勝利を確信した。

昔からこういったことはよくあった。まだ結果が出ていないのに、なぜか結果が分かってしまうのだ。サッカーやバスケで、シュートを行うときに特に多かったと思う。まだ手足からボールが離れたばかりだというのに、それがどういう軌道で飛んでいくのかが分かって、それで本当にその軌道通りに飛んでゴールに入るのだ。エロゲでも見たけど、弓で

もあるらしい。矢をつがえ、手を放した瞬間に、「ああ、これは当たるな」なんて分かるとか。多分同じ事なんだろう。

何度も何度も同じ事を繰り返し、体がそれを覚えてしまったのだろう。

雪音(ゆきね)先輩には感謝しか無い。初めに彼女に「瀧音(たきおと)には申し訳ないが、君に基本的な刀の才能は無い」と言われたときは少しショックだった。すぐに「しかし、君には別の才能がある」と言われ有頂天になったことは記憶に新しい。

それから俺は毎日、毎日二つの型だけをひたすらこなしてきた。それを幾日もかけてようやく一つが形になった。

抜刀術――瞬(またたき)――

俺は刀を鞘に戻すと、ストールに送っていた魔力を最低限まで減らす。

「ニ゛ィギャ」

火車はそう呟(つぶや)くと同時に、体が二つに割れる。そしてすぐさま魔素と、今まで見た中で一番の大きさの魔石に変わった。

火車は今までのモンスターの中で一番の強敵だったと思う。速さ、攻撃力は今までの中で圧倒的で、しかも火の魔法まで使用してくるときた。

　しかし、である。火車の火の魔法はしっかり水属性エンチャントのストールで対処出来たし、速さも、一つ一つの攻撃の重さも、普段戦っている人達に比べたら天と地の差がある。

　それに戦法も至って普通の魔物的で、こちらが驚くことをしてこなかった。

「まあ、当然の結果だった。そういうことだな」

　俺は手に取った魔石をじっと見つめる。

　火車が何度も復活（リポップ）すれば、稼ぎにも有効なんだが、ここは復活（リポップ）しない。ダンジョンに再突入してもダメだった。

　魔石をしまうと、俺は目的の『者』がいるはずの奥へ進んでいく。

　奥に進むとあったのは人一人が余裕で通れそうな扉だった。俺はその扉の四角い部分に手を触れる。すると触れた場所から扉の四方に青い光が走り、プシュゥと音を立てながら横にスライドしていった。

　中に入った感想を挙げるとすれば、これはもう。

「玄関だな」

　靴脱ぎ場に、靴おき、広がる廊下。ここから見える範囲でも扉がいくつかあって、このどこかに彼女はいるだろう。

　こぢんまりとした靴脱ぎ場で靴を脱ぐと、フローリングに足を乗せる。

「うっそだろ……」

足を置いたところに、くっきり痕ができている。どうやら余りに利用していなかったせいで、埃が積もっているようだ。少し悩んだが、土足のまま上がることにした。

「こりゃまた、結構なお部屋で……」

とりあえず目に付いた扉を開けるとそこに広がっていたのは、生活感溢れる一室だった。壁にはしっかり壁紙が貼ってあるし、埃まみれになっているがベッドがあるし、魔石のライトもある。俺はベッドの横に置いてあった本を手に取る。何と書いてあるかは分からない。俺はその本を異次元収納袋へ乱暴にしまうと、辺りを見回す。そしてベッドの横にゴミ箱があるのを見て、まさかな、とベッドの下をのぞき込んだ。

希望的観測だった。エロゲやギャルゲ作品でも形骸化してしまった保存場所である。故に見つかる可能性が高く、だからこそ他の場所にしまう者は多いだろう。妹が居ればなおさらだ。

歴史的文化財を扱うかのように、恐る恐るそれを取ると、フッと息を吹きかける。黒色の髪の女性、開放感溢れる服装、扇情的な表情。間違いない。

これはエロ本だ。

逸る鼓動を必死で抑え、ぺらり、ぺらりとページをめくる。

「ふむ……イカンな、誠にイカン」

目頭を押さえ、精神を保つ。少しだけリュディに似ているのがまたヤバイ。

心の中で般若心経らしきお経を唱えながら、心を落ち着かせると、俺はその本を丁重に収納袋へしまう。そして深呼吸するとドアを開け隣の部屋へ向かった。

そこにあったのはテレビのような物や、透明な柱だったり、今まで日本でもこの世界でも見たことがないような物ばかりだった。

俺は適当に持って行けそうな物を回収しながら、次の扉に手を伸ばす。

「うっそだろ、すげぇな……」

扉の先は、これまた別世界だった。

「洞窟、家と来て……こんどは草原か」

ダンジョンを調べているときに見つけた格言がある。『【ダンジョンとは何か】を考えることは、【死とは何か】を問うようなものだ』というものだ。初めて見たときは『ふーん』といった反応しかしなかったが、ここまで常識をぶっちぎった超常世界を何度も見せられてしまえば、確かにな、と納得してしまう。

広がる草原に、広がる空と昇り始めた太陽。肌をなでる少し乾燥した風、香る草と土の香り。

ふと後ろを見て、さらに驚いた。

「マジかよっ！」

そこには俺が入ってきた扉があった。あったのだが、その扉は広大な草原の中で、唯一の人工物かのように、ぽつんと立っている。本当に扉だけしか無い。しかも扉の先は、見覚えのある埃っぽい廊下。俺はドア枠の外からと内からと手を出したり入れたりしてみるも結論は意味不明現象としか言い様がない。俺はドアを調べるのを止め、もう一度辺りを見回す。

薄く青い空にはいくつかの雲が浮かんでいた。昇りかけた太陽が、その雲の隙間から、薄明光線で地面を照らしている。

「きれいだよなぁ……薄明光線が『天使のはしご』とか『光のパイプオルガン』なんて言われるのも納得だよ……ん？」

薄明光線が照らす先を見て、思わず言葉を止める。

「あそこだけ草原じゃ、ない？　しかも何かある」

もしかして、と俺は駆け出した。

光の先にあったのはよく分からない魔法陣が描かれた石畳と、楕円形の何かだった。それが何であるかは分からない。パッと見た時は巨大な卵かと思った。しかし、卵は空中に浮かぶだろうか。

その卵みたいなのは大きさは俺の身長ぐらいはあって、よく見ると毛みたいなのが生えている。その卵らしき物の下に落ちている羽根を見るに、生えているのは毛ではなく羽根

なのだろう。

「なんかマジエクと見た目が違うんだが……多分これだよな？」

薄明光線に照らされているその卵らしき物に、そっと手を触れ、押してみる。ウサギを触ったかのようにふわふわなのだが、強く手を押し返す弾力性もある。

俺はゲームの主人公がやったように、自身の魔力をその卵のようなものに込めていく。初めは不安もあってちょろちょろだったが、中盤辺りではぱっぱと魔力をどんどん込めていく。しかしなかなか変化が見られない。

「どれだけ吸い取るんだ？　ここ最近でこんなに魔力を消費したのは初めてだぞ……？」

日々の鍛錬のおかげか、近頃の魔力の成長は著しい。毎日毎時エンチャントを維持できるようになってから、寝るとき以外維持しているし、クラリスさん達との模擬戦では結構消費もしている。しかしこれほど減ったのは久しぶりである。それでも卵のようなものは、未だ俺の魔力を吸い続けている。

そろそろ本格的にヤバイ、魔力回復のアイテムを持ってくるべきだったかと思い始めた頃、変化は訪れた。

『×□▲○―魔力登録が完了しました――＊゛＃＄％＆，〔』

「うおっ」

いきなり頭の中に声が聞こえ思わず手を離し、卵の様子を見守る。しかし卵の様子はそ

れから変わること無く、いつの間にか光り輝いていた魔法陣から、透過ディスプレイが現れた。俺はそのディスプレイを見つめ、混乱する。

「読めない………」

と、俺が呟くとディスプレイの文字が消える。なんだなんだと思っていると、今度は日本語で文字が表示された。

型を選択してください

・春型
・夏型
・秋型
・冬型
・天型

その表示を見て思わず首をひねる。記憶が確かなら、ここの選択肢は四つだ。そしてtype-1, type-2, type-3, type-4 と英語表記だったはずだ。ただゲームでの設定内容と照らし合わせれば、春、夏、秋、冬は1、2、3、4と一致するのではなかろうかと予想できる。しかし。

「天型ってなんだよ……明らかに多いぞ?」

物理主体の主人公を使っていたときは、冬型に該当するであろう type-4 を選んでいた。

「普通に考えたら『冬型』なんだけど……俺の心は『天』にしろ、って言ってるんだよなぁ」

新しい物を見るとついつい試してみたくなる。お菓子とかの新商品って言葉に弱いんだよな、大抵微妙なのに。

俺は指で『天型』の欄に触れる。そして『本当によろしいですか?』の問いに『はい』と答える。

するとどうだろう。その卵から、はらりはらりと羽根がその場に落ちていく。地面に触れると、羽根全体が光り出し、小さな粒子となって消えてしまった。

また羽根が抜け落ちた場所からは光があふれ出し、コンサートやライブ会場でありそうなレーザーのように、辺りを照らした。

やがて羽根の落ちる勢いは速くなっていき、それに合わせて光が強くなっていく。そしてあまりの輝きに直視出来ず、第三の手で顔の前をふさぐ。そして光が収まるのをじっと待った。

目も開けられない程光っていた時間は、一分もなかっただろう。第三の手の陰から、落ち着いたのを見計らい卵を見つめる。しかし卵は無かった。そこに浮かんでいたのは、メ

イド服を着た女性だった。

「視界良好。ＡＡ端末所持確認。時間を取得します」

目に掛かった光沢のある銀髪を払うと、彼女はポケットから取り出した機械に何かを打ち込む。すると彼女の前に透過ディスプレイが出現し、文字らしき何かが流れていく。

「Ａ＆Ａ商会への接続……失敗。ローカルネットワークでの取得……失敗。ダンジョンネットワーク完全消失、ＡＡ端末への時間設定不可。機能が制限」

彼女がその機械をしまうと、彼女の前に浮かんでいた画面が消えた。

紫色の瞳（ひとみ）がこちらを向く。

「こんにちは、ご契約者様。私（わたくし）はＡ＆Ａ商会製　ＭＫＳ73（メイドナイトシキエディションセブンスリー）です」

ＭＫＳ73（メイドナイトシキエディションセブンスリー）はマジエクにおいて、非常に使い勝手の良い、初回限定の仲間キャラクターである。

彼女の名前はＭＫＳ73と識別名なので、仲間になった時にプレイヤーが決められる。ただ大多数の紳士達は末尾の73から「ななみ」としていた。

また彼女の特徴として、選ぶタイプによって、性格、髪色が変わることがあげられる。

type-1は桜咲く春を意識したのか桜色の髪色で、type-2は緑溢れる夏を意識したのか若

緑色の髪色、type-3 は紅葉を意識したのか紅色、そして type-4 は寒々しい冬を意識してか藍色の髪色だった。

では目の前の彼女はどうだろうか？

髪色はつやのある美しい銀色。少し冷たい印象を与える赤紫と青紫色のオッドアイ。胸は姉さん程大きくは無いが、メイド服から自身の存在を強調しているのを見るに、結構大きいだろう。

「お名前を頂戴してもよろしいでしょうか」

彼女は俺の探るような視線を気にせず、まるでマシーンのように淡々とそう言った。

「瀧音……幸助です」

「瀧音幸助様、登録されました……。瀧音幸助様、メイドナイトシリーズのご契約ありがとうございます。さて申し訳ございませんがダンジョンネットワークとの接続が遮断されているため、現状の確認を行いたいのですが……」

と言われるも、分からない。何が分からないかって、何もかもが分からない。そもそも。

「ええと、ダンジョンネットワークってなんですか？」

マジエクではこんな会話は無かったはずだ。『運命の相手が目の前に現れました』なんて言って、主人公の狭い部屋に居座り、かいがいしく世話をしてくれる。それもいきなり忠誠度が最大どころか限界突破している押しかけメイドだ。

なんでこんなに感謝するのかと思っていると、それは「このまま起動すること無く、ずっとダンジョンに置いておかれる可能性もあったから」と彼女は言ってくれる。まあ仲良くなると特殊なサブイベントで「実はあのとき言ったことは建前で……魔力登録をした人に忠誠を誓うふりをすることが義務づけられているんです」と暴露されるのだが。その後の台詞（せりふ）「でも今は貴方（あなた）のことが……」に落とされる人多数（俺含む）。

「ダンジョンネットワークです……が？」

彼女は少し不安そうにそう言ってきた。

正直に言えば、彼女に関して違和感だらけではあった。そもそもマジエクで彼女が封印されていたのは、魔石に近いクリスタルのような古代魔技術（オーバーテクノロジー）の封印結晶であったはずだ。数千年前に作られた封印結晶は、当時最高の技術で作られたホムンクルス『メイドナイト』を封印していた。

がしかし、今回見た物はなんだ？

アレは羽毛の卵であり、クリスタルではない。そしてこの場所だ。マジエクではこんな草原なんて無かった。

そしてタイプが五種類あるのもまた訳が分からない。

「ダンジョンネットワークです…………え？　瀧音幸助様、少し失礼いたします」

彼女は浮いたまま俺の側に近づくと、俺の手を取る。

ほんのり冷たい彼女の手から、俺の手を伝ってなにかが入り込み始める。なにかが入り込んでいるにもかかわらず、それは不快では無かった。むしろ元々あった物が戻ってきているような不思議な気分で、安心感があるというか心地よいという気分だった。

「………」

「あの、大丈夫ですか？」

口を半開きにして絶句する彼女に俺は声をかける。

「し、失礼しました。少し思考を整理する時間を頂けませんか？」

どうやら落ち着いて考えなければならないのは、俺だけではなく彼女もらしい。

一旦落ち着いてから、情報のすりあわせを行い、分かったことは、

「つまり、根本的におかしい」

と、いうことである。

「その通りですね」

本来は彼女の『メイドナイトシリーズ』は、ダンジョンマスターに近しい者などと契約されるはずらしい。それなのに一般的な人間にしか見えない俺が契約できたことは理解不能であると言われた。また俺の持つ潜在魔力量もまた、理解不能と言われてしまった。

さて、ここで俺の疑問である。ダンジョンマスターとはなんぞや。

「ダンジョンマスターはダンジョン界ではダンジョンの管理者を指します。地上の一部ではダンジョンを多数攻略した者もそう呼ばれることがあるそうですが、今話しているのは前者です」

なんて説明されても困る。マジエクにおいて『ダンジョンマスター』という言葉は、そもそも登場しない。マジエクにおけるダンジョンは、攻略するだけなのだ。管理する者の事なんて、これっぽっちも登場しなかったはずだ。

「ご混乱されるのは分かりますが、余り詳しいお話は、個人的な理由によってためらわれます」

「ええと、どういうことですか？」

「実のところダンジョンマスターに関する情報は、ダンジョン社会や管理者や関係者においては問題なくお話しできます。しかしそれ以外に公開して良い情報ではありません」

まあそれは。

「世界のダンジョンに関する理解度合いから考えれば、それは理解出来る。『ダンジョンとは何かを考えることは、死とは何かを問うようなものだ』なんて言われてるぐらいだし」

この世界に来てから、ダンジョンに関する本を読みあさった。しかし格言があるくらいダンジョンについては理解出来ていないことの方が多い。

「基本的に接触を断っているから情報が回らないのでしょう。ダンジョン経営者や管理者が六階級の者と接触するのは非常に稀です」

　また、訳の分からない単語が出てきた。なんとなく察せるが。

「六階級というのは？」

　と俺が言うと彼女は少しばつが悪そうに、口を開く。

「ええと……その辺りの話には、先程お話しした一般人間に公開してはいけない事項が多数含まれているため、ええと、運が悪ければ私が商会に処分される可能性があります」

「要するに禁則事項って事か……なら、それに関しては話さなくて良い」

　処分というのがどういった内容なのかは分からないが、彼女にとってマイナスであることは確実であろう。

　彼女は依然としてばつが悪そうな顔で、言葉を濁したりためらいながらも口を開く。

「いずれ明らかになるであろうことなので、その。先に申し上げておきます。私と瀧音幸助様の魔力パスはすでに開通済みであり、私の雇用主は幸助様に設定されてしまっています」

　ええと、

「つまり？」

「私は逆らうことが出来ませんので、すべて吐けと言われてしまえば、私はすべてを申

し上げるでしょう」

なるほど。契約とはそれほどまでに重い物なのだな。ダンジョンについて知りたければ、命令次第でイケると。でもなあ。

「いや、そこまでして欲しい情報でもないから。一般人に話せる程度で話してくれればすごく助かる」

と俺が言うと、

「恐れ入ります」

そう言って礼をした。

「では、契約関連の事項が終わりましたので……」

と話を切り出す。そして彼女は胸元に手を突っ込むと、何やら見覚えのある紺色の布を取り出した。なんでそこにそんなのが入ってるんですかね？

「茶目っけ溢れるキャラで人気爆発した、メイドナイトシリーズの私に、ふさわしい名前をつけていただければ、と思います」

「茶目っけ溢れてるかなぁ……すごく真面目な方、という印象だけど」

マジエクでは選んだタイプによって性格が変わるが、今みたいな性格は無かった。

「私も真面目になる時はなります。では瀧音幸助様は面接の際にふざけたりするでしょうか？　普段は茶目っけの爆弾だと自負しております」

よく分からないけれどまあいいや。

「ええと、それじゃあ名付けるにあたってですかね。ううん、どう言えば良いんだろう……君はホムンクルスみたいな者として解釈して良いんですか？」

てっきり頷くかと思ったが、彼女は首を振る。

「いえ、私はホムンクルスではございません。一応申し上げておきますと、アンドロイドでもバイオロイドでもレプリカントでもありません」

「ええっ？」

「私はそもそも人間を模して作られたわけでは無く、天使であります」

「て、天使ぃ!?」

思わず聞き返してしまった。マジエクで仲間に出来る彼女は、天使では無かった。ホムンクルスであったはずだ。

「天使は、一般に人間とは根本的に構成物質が異なります。またエルフ族、獣人族等とも異なり、それらとは一線を画す生命体です」

そこはまあ、マジエクに天使のサブヒロインがいたから、なんとなく分かるけれど……。

「ご心配されているであろう生殖行為は可能であり、子を宿すことも可能です。しかし生まれる子供は基本的に天使ではなく、相手の種族となります」

「いや、そこは心配していないんですが」

心配はしていなかったが、気になっていたゲフンゲフン。

「そうですか……ふふっ」

「なんで俺の股間を見つめて、そんな朗らかな笑顔をするんですかね？」

「さて、話は変わりますが」

「話変わるんだ……ここで変えるんだ……」

なんか相手にペースを完全に握られてる気分だ。

「失礼ですが、契約者であらせられる御身が、私に対して丁寧な言葉遣いをされるのは、不要でございます」

確かにメイドのような使用人に、丁寧な言葉を使うアニメはあまり見たことが無い。けれど日本だと使用人に丁寧に接してくれる人も結構いるぞ？

「なんだか癖になっていてですね……丁寧語でも良いですか？」

「ちっ……」

「あれ、今舌打ちを……」

「まさか、気のせいではありませんか？」

「わ、分かりました。丁寧語を使うのは……」

「ちっ……」

「わ、わかった」

強制で矯正？　……どっちが上か分かったもんじゃないんだが。

「はい、よろしくお願いいたします」

そう言って彼女は見覚えのある紺色の布を、手に持ったまま優雅に礼をする。

ずっと気になっていたんだけどさ、それ。

「その……手に持っているのは？」

「これですか？　スクール水着です」

と手に持っていた紺色の布きれを広げる。確かにスクール水着だ。名前の所は空欄になっているが、いやそんな事はどうでも良い。

「付属のコスチュームです」

俺の疑問を察してくれたのか、彼女はそう言う。しかし俺の中にある疑問は、その回答だけでは解消しきれない。

「何で……スクール水着なんだ？」

「私(わたくし)の知識によると、以前まではメイド服のみ付属していたそうですが、追加でスクール水着を付属にしたところ非常に売り上げが増加したため、以後このようなことになったそうです。また一度スクール水着を外して販売した事もあったそうですが、売り上げが下がった上にクレームが殺到した、となっています」

クレームまで来たのかよ。

「今着替えることも可能ですが」

「いや、着替えなくて良いから」

「そうですか。脳内補完するのですね、さすが瀧音幸助様。では服の上から当てますのでどうぞ」

と言ってメイド服の上に広げたスクール水着を当ててポーズを取る。……うーんエロイが。

「うーん、もう少しかがんで…………いやアホなことやってないで本題へ戻ろうぜ」

あれ、本題ってなんだったか？

「フフ、申し訳ございません。では名前を頂戴できますか？」

そういやそうだった。名前をつけて欲しいと言われていたんだ。

さて、マジエクでは自由に名前をつけられたが、たいていの人は『ななみ』としたと思う。掲示板サイトなどで『ＭＫＳ73』と打つのはめんどい、ななみにしよう。と言っていたのがいつの間にか定着したからな。俺も『ななみ』派だし。

「そうだな……じゃあ『ななみ』なんてどうだ？」

と言うと、彼女は「はぁ？」と言いながら眉をひそめる。

「信じがたいセンスです。まさか識別番号をそのまま安直に利用するなんて。お父様お母様に『ねえ、サンちゃんの名前って何でサンなの』と聞かれたらどうするのですか？　子供の未来を決めるのに、そんな適当で良いんですか？」

………確かにそうだよな。彼女が言うことは正論だ。現実なのだ。

ゲームではなんの名前でも彼女は喜んだものだが、これはゲームではない。

ゲームと同じノリがずっと通用するわけではない。彼女は一人の天使である。

俺が考えるのは人の名前で、ペットの名前じゃないんだ。俺の考えが浅はかだった。

「す、スマンいま別なの考え……ん」

と、彼女を見ながら言葉を止める。

「まったく瀧音幸助様には困ったものです」

そう言いながら、彼女はどこからか取り出した油性ペンを手に持つと、手に持ったスクール水着に、ひらがなで『ななみ』と書いていく。そして書き終わると今度は手に小さくななみ、と書いて一瞬だけにこりと笑う。

すぐに呆れた表情に戻ったが、確かに一瞬にこりと笑った。彼女は名前の入ったスクール水着をぎゅっと抱くと、

「まあ、再考する時間も無駄でしょう。ななみで結構です」

そう言い放った。

「……お前、気に入ってるよな？」

「はぁ、瀧音幸助様は何を仰るのでしょう……さて、愛称はななみんで良いとして、漢字はどうされますか？　いくつか候補がありますが」

「ななみんって、実は結構気に入ってるよな？」

と言うも俺の言葉を無視し、地面に油性ペンでいくつか漢字を書いていく。ただ明らかに二番目に書いたひらがなの『ななみ』の文字がデカい。『七海』や『菜々美』は小さいのに。しかもなぜか『ななみ』だけ二回も書かれてるし。これを選べって事だろうか？

「う、うーん、ひらがなの『ななみ』でどうだ？」

「はぁぁぁ〜ひらがなですか……」

とこれ見よがしにため息をつきながら、彼女は地面に「ななみ」といくつか書いて最後にハートマークを描いた。三つくらいハートマーク描いてる。

「お前とてつもなく気に入ってるよな？　これ以上無いくらい気に入ってるよな？」

「お前、ではありません。ななみです。ななみんでも構いません。これから先よろしくお願い致します」

名前を呼べって……絶対気に入ってるわ。てかここ結構魔法学やダンジョン学で重要とされそうな場所っぽいのに、油性ペンで名前を書いて良いのかな？　もし観光地だったらSNSで晒されてるぞ？　とはいえダンジョンだし、一応花邑家の土地だし、思考放棄。

「では続いてご契約者様の敬称を確認させてください」

「敬称？」

「はい瀧音幸助様をどうお呼びすれば良いかの確認です。選択肢としては『様』、『マスタ

ー』、『ご主人様』、『師匠』、『親方』、『名人』、『達人』、『社長』、『部長』、『大魔神』、『関白』、『征夷大将軍（せいいたいしょうぐん）』、『の星』、『っち』等多数取りそろえております」

「どこぞの電車双六（すごろく）ゲームにありそうな敬称がまじってんな。デフォルトはなんなの？」

「ご主人様、になっております」

まあ、そう呼ばれるのはむずがゆいけれど、ゲームでもそうだったし。

「……まあ妥当だよな」

それに一度で良いからメイドにそう呼ばれてみたかったんだ。メイド喫茶？　俺は本物のメイドにそう呼ばれたいんだ。

「ではご主人様とお呼びします。さて、ご主人様以外は、どうお呼びいたしましょうか？　デフォルトは『下等生物』となっておりますが」

「デフォルトひでぇなっ！　何で主人は普通なのに他者はこんなに扱いひでえんだよ。変更だよ、変更！　てゆーかそんな言葉どのタイミングで使うんだよ」

「やあ！　良い天気だね、下等生物！」

「さわやか装ってるけれど、使われている言葉はゴミ以下だな！」

「では『ゴミ以下』にいたしましょう」

「そこ採用なんだ!?　もはや生物ですらなくなっちまった。一応相手に敬意を払うような言葉遣いをしてくれ！」

「ちっ、かしこまりました」

「……誰かぁーツッコミ代わってくれぇぇ」


さて、俺がどうしてもこのダンジョンを初期に攻略したかった理由は、ななみを仲間にするためだ。

はっきり言えば『瀧音幸助』が『ソロ』で最速最強を目指すのは無理がある。これが『聖伊織』だったらやりようがあったかもしれないが、伊織ほど俺は万能ではない。まあもし俺が伊織でも仲間に頼っていただろうが。

それくらい、ソロは効率が悪かった。

また彼女を仲間に引き入れることで受けられる恩恵は多い。

彼女は一部ダンジョンの突入時期を早めることが出来る。古代魔技術の知識を持つ彼女は、ダンジョンの突入条件を知っていたり、解除しなければ攻略出来ない魔法陣を解除できたりする。本来ならば中盤に仲間になるエッロサイエンティストなどが担当すべき案件に彼女も対応出来るのだ。

まあ、たとえそれが無かったとしても、仲間にすることは揺るがない決定事項だ。

そもそもであるが、俺がマジエクの仲間キャラ使用率で一番高かったのは、水守先輩で

はなく、ななみである。

先輩よりも使用率が高くなるのは、仕方ないといえば仕方ない。先輩は風紀会で忙しく一時期仲間から外れることがあるし、正式加入が三会入会後である。まあ二周目からは式神分体システムとかいうご都合主義設定で、初期からダンジョン攻略には来てくれるが。対してななみは初心者ダンジョン後すぐに加入してくれる。また主人公一人でしか入れないような、特殊なダンジョン以外ではすべて出撃できる。

そして何より使用率が上がる理由が、彼女(ななみ)の万能性にある。彼女は遠距離、近距離、魔法、接近、すべてこなせる水守先輩やモニカ会長と同じタイプだ。しかも雪音先輩やモニカ会長でも習得できない、採取スキルや盗賊スキルといった、戦闘以外のスキルもななみは取得可能である。

確かに戦闘力は三強に劣るだろう。しかしモニカ会長を除くメインヒロイン達に引けを取らない実力はある。その上で、鉱石採取、薬草採取やら罠(わな)解除に鍵(かぎ)開けまで可能ときた。使用率が高いのは仕方ないことであろう。無論俺だけではなく、大抵の紳士が昼夜問わず使わせていただいたのは間違いない。

まあ使用する一番の理由はやっぱりＫＡＷＡＩＩからだが。性格も髪色も選択肢で選べるし、見た目可愛くて何でも出来て万能だし、自分に生涯の忠誠を誓ってくれる。そりゃ使わないわけがない。

さて。万能といえるななみではあるが、どうしても一つだけ問題がある。マジエクでは問題になり得なかったが、今の俺には社会的に問題があることだ。

「さて、同居することを毬乃（まりの）さん達にどう説明すべきか」

別居も考えたがそれはななみに拒否されている。

「別居ですか？　ふっ、ご冗談を。私（わたくし）がご主人様のお側を離れるときは、死ぬときくらいでしょう。ご命令とあれば従いますが、『瀧音幸助はドMの変態』だとか『小さい女の子も四十超えてもイケる発情野郎』だなんて根も葉もない噂が蔓延（まんえん）すると覚悟してください」

と、ななみが別居に反対している。

「ななみは忠誠度が高いのか低いのかよく分からないよな」

ちなみにドMの変態も発情野郎も否定できないし、もし噂になっても火のない所に煙は立たないとしか言いようがない。

「いっその事ご主人様と私（わたくし）が引っ越すのはどうでしょう？」

「確かにそれもありなんだよな。だけどいずれバレるだろうから、それなら最初から言っておいた方が良いってのと、花邑家の施設が使いたい時にすぐに使えない欠点がある」

クラリスさんに稽古（けいこ）をつけて貰（もら）うのが少し面倒になったり、花邑家の施設が使えないのはとても大きな欠点だ。

「では、そうですね…………私（わたくし）は猫の鳴き声が得意です」

「何を言いたいのか察せられるけれど、どう考えても無茶だろ」

「雨の中段ボール箱の中で震えていたと話せば、映画化決定の感動超大作間違いなしです」

もし段ボール箱の中で濡れ鼠になっているメイドが存在するならば、ネス湖にネッシーが存在していてもおかしくない。

「結構シュールな画だよな、それ。場合によってはホラーだよ」

「まあ冗談は置いておきまして、私に妙案がございます」

「なんだか碌でもない案のような気がするが……聞こう」

「メイドを雇いたいと仰るのはいかがでしょう？　聞くところによりますと、花邑家は富豪だとのこと。メイドがいてもおかしくはありません」

一瞬身構えたが、案外普通の提案である。

「まあ、確かに……そういやメイドって言えば、うちにはクラリスさんがいるな」

アレは騎士してるんだけど、一応メイドでもあるはず。それに、リュディの使用人らしきエルフが居るときもある。常駐はしないが。

「メイドの一人や二人増えたところで気にもとめないでしょう」

「そうだな、っていかないんだよな……」

家にはクラリスさん以外のメイドが常駐していない。それは姉さんが人見知りだからだ。

そもそもだが学生が急にメイド雇いたいだなんて言うだろうか。日本じゃ……あれ、そういえばこの世界はもしかして学生がメイドを雇うこともあり得るのか？　しかし、

「雇うで思い出したが、給料の問題もあるな……」

今思えばマジエクではななみに給料を払っているシーンを見たこと無いような……。それどころか毎日のようにダンジョン連れ回していたし、究極的にブラックだ。

「ダンジョンのアイテム売り払えばなんとかなるか？　いや、それ以前に俺のお小遣いだけで余裕で一人養えるか……」

バカみたいに貰ってるもんな。もし俺がこの家で生まれ育っていたら、金銭感覚麻痺してるだろう。むしろ現在進行形で金銭感覚が麻痺していっていると言っても良いか。

まあ現状に感謝して、ななみの給料に充てようか。そう考えると最低限のお金を残すとして、いくらななみに出せる？

と、毎月貰えるお小遣いからななみに出せる給料を逆算していると、

「えっ」

と、驚いたようにななみが声を上げる。

「なんで驚いてるんだ？」

やっぱ人を養える程お小遣い貰えるって異常なんだよな。

「……いえ、給料を貰えると思ってもいませんでしたから」

「はい？　なんだって？」

俺は思わず聞き返す。ななみは戸惑いながらも話し始める。

「ＭＫＳ（メイドナイトシキエディション）天型は少し特殊で、給金を望みません」

「……どうゆこと？」

「説明が難しいのですが、そもそも天使という種族の最下層は『金』を必要と思いません。私（わたくし）はこれにも該当します。そのため余り深く考えず、賃金は必要ないとお思いください」

いやいやいやいや。そんなばかかな。何をモチベーションに仕事をするんだ。ななみがそう言ってもな、働くからにはやっぱり何かしらの対価が必要で、それが無ければただの奴隷である。俺が欲しいのは仲間であって奴隷ではない。その仲間を金で雇っているのだとしても。

「……いや、給料は何かしらで払う。それは決定だ」

そうですか、とななみは息をつく。

「頂戴（ちょうだい）しても利用する機会が無いかと思われますが」

「ご主人様の自己満足とでも思ってくれ。休暇の時にでも使うといい」

「えっ、休暇があるのですか？」

ななみは心底驚いたようで、少し興奮した声色だった。そして信じられないとばかりに、首を小さく左右に振る。

「えっ、休暇が無いと思っていたのか⁉」

「ええ。最下層の天使に休暇はございません。魔力などのエネルギーさえ適宜補充していただければ、常に働き続けることが可能です」

「一体何のために生きてるんだ……」

天使の労働環境改善を要求しよう。労働組合は無いのか、ストライキ起こそうぜ。やらないんだったら俺が起こしてやる。

「エネルギー源となるご主人様の魔力か、食事をいただければ休暇は不要ですが……」

「……ななみの待遇については後でしっかり考えようか」

「ご配慮感謝申し上げます」

そうか。天使って良いイメージが強かったが、この件でブラックなイメージがついた。

憐れんで見ていると、ななみはそういえば、と話し始める。

「話の腰を折ってしまい申し訳ないのですが、そろそろ辺りが暗くなる時間なので、帰宅された方がよろしいのではないでしょうか」

そう言われ、俺はツクヨミトラベラーを取り出すと時間を確認する。確かに、もう夕食の時間が迫っている。夕食前に帰れない可能性があると伝えてはいたが、心配をかけないためにもなるべく早く帰る方が良いだろう。

「そうだな、じゃあ帰るかぁ。てか、言い訳どうしよう」

と俺が言うと、ななみは手で握り拳を作り頭をかく。

「にゃー、にゃぁぁぁ、フシュー」

「……確かに声はそっくりだけど、それは無いわ」

「おかえりぃ」

リュディはソファーに座りながら魔法書らしき本をペラペラめくっている。クラリスさんも姉さんもいない。毬乃さんはそろそろ帰宅する時間だろうか。

「ただいま」

「失礼いたします」

と、女性の声が聞こえたせいか、リュディの顔が跳ね上がる。そして訝しげな目でななみを見つめるも、ななみは表情一つ崩さない。

「幸助さん、ちょっと……」

急に猫を被ったリュディに腕を引っぱられ、廊下に連れ出される。

「一体どういうこと？　何あれ？」

普段リュディが出さない低い声に、思わず腰が引ける。

「話せば長くなるような、ならないような……」

「なに、あのメイドはなんなの？　どういう目的で雇い入れたの？」

リュディの目つきが変わり、イライラとしている様子が伝わってくる。なぜ彼女はこんなに怒ってるのだろうか。

「や、雇ったというか、ダンジョンで拾ったというか」

「もういいわ」

話すだけ無駄、とばかりに彼女はこの場を離れる。俺は慌てて彼女の後ろをついて行った。

「ごきげんよう、それで、どちら様でしょうか」

リュディはまるで威嚇するように鋭い目つきで、ななみに問う。俺が割って入ろうとするも、リュディの射るような視線が一瞬こちらを向いたせいで、足は動かなかった。あの目は肉食獣のソレだ。

「お初にお目にかかります。私この度、瀧音幸助様のメイドとなりました、ななみと申します」

「ななみさんですね。リュディヴィーヌと申します。さて、どういった目的でコレとお近づきになっているのでしょうか？」

俺がコレ扱いされているのだが、恐くて何も口出しできない。でも追及されているななみは朗らかな笑みを浮かべていた。

「奥様のご懸念も察せられますが、それは無いと申し上げます」

「へぇ……無いねぇ………って、お、お、お、奥様ぁ⁉」

リュディは混乱している。なるほど、リュディを混乱させる作戦か。

目を丸くしたままのリュディにななみは淡々と話を続ける。この調子だとリュディは言いくるめられそうだ。

「私はご主人様のメイドとして誠心誠意お仕え致しますし、もちろんご主人様に不利益な行動を取ることもございません。もちろんそれは奥様に対しても同様でございます」

「ちょっと待ちなさい、誰が奥様ですって⁉」

リュディの口調が、素に戻っている。相当『奥様』呼ばわりに驚いたのだろう。俺も驚いているが。

「ご主人様も世界で一番信頼していると仰ってましたし、非常に仲睦まじく見えるので」

と言われ言葉の意味を考える。

「まあ、確かに一番信頼しているな」

先輩や姉さんと並んでいるが、心から信頼できる一人である。

「う、うそ」

顔をほんのりと赤らめながら狼狽し、辺りをきょろきょろ見回す。そして俺と目が合うと彼女はタコを熱湯に浸したかのように、真っ赤に染まる。そして彼女は顔を背けると、

早歩きでこの場を去って行った。

「マジかよ……？」

ななみが何かを言おうとしていたが、部屋のドアが開く音でそれは潰えた。

いつもよりどことなく気怠げな姉さんだが、ななみと見つめ合うと目がぱっちり開く。

そして俺の方へ顔が向く。

「……欲求不満？」

「他にも言うことあると思うんですが」

ななみを見た第一声がそれか。デリヘル嬢がコスプレしてるとでも勘違いしたのだろうか。そもそも自分以外に女性しか住んでいない家に、デリヘルなんて呼ばない。

「メイド服なら私が着るよ？」

それでもないんだよなぁ。でも姉さんのメイド服姿は是非見たい。くっ……デカい。

と俺と姉さんが斜め上の会話をしていると、ななみが話に割って入ってくる。

「お初にお目にかかります。私は瀧音幸助様のメイド、ななみと申します」

姉さんは一瞬ななみに顔を向けるも、すぐに俺に戻した。

「メイドプレイなら私がするよ？」

「是非お願……いやそうではないんだ。普通にメイドとして雇いたいんだ」

え、信じられないとばかりに眉を顰める。とはいっても姉さんに慣れた俺だから分かる

ほど微量な反応だが。

「反対」

「姉さん、あのさ」

「反対、必要ない」

姉さんは間髪容れずに拒否をする。そして俺の腕を掴むと、姉さんの横に引き寄せられた。そして俺は姉さんの脇まで引っぱられると、頭に腕を絡められる。姉さんの手は少しひんやりしていて、姉さんが好んで使っているボディソープの香りが、鼻から入り込んでくる。また姉さんはダンジョン攻略やらで汚れた頭を優しくなでてくれた。

「姉さん、その、ダンジョン探索で汚れてるから」

「汚くない」

それを見ていたななみは、さっきも見たような朗らか笑みを浮かべると、

「ご安心ください、奥様」

と、スカートの端を持つとそれはもう上品にお辞儀を行った。

「私はご主人様のメイドとして誠心誠意お仕え致しますし、もちろんご主人様に不利益な行動を取ることもございません。もちろんそれは奥様に対しても同様でございます」

つい先ほど聞いたような言葉だ。まあリュディはそれで撃退したようだけど、姉さんは結構な人嫌いだ。基本はクラリスさんしかメイドがいないこの家だ、姉さんが許可すると

は到底思え……。

「こうすけ」

頭から手を離し俺の肩に手を置くと、ふんすと息を吐く。

「なんてすばらしいメイド。よくみつけた。是非雇うべき」

「俺は最近姉さんが分からなくなってきたよ」

許可するなんて到底思えないはずだったんだけどなぁ。急転直下で円満解決した。

「奥様、よろしければお名前を頂戴してもよろしいでしょうか」

「花邑はつみ」

「はつみ様ですね。これからよろしくお願い致します」

さて、となななみは一旦話を区切る。

「ご主人様。そろそろ夕食に致しましょう。奥様はお食事は取られましたか？　食材さえ頂ければフレンチ、イタリアン、和食、中華どれも調理可能でございます」

「まだ皆食べてない。でも今日はお寿司を頼んでいるからいい」

今日は寿司らしい。

「承知いたしました。ではそれまでに私の寝床を確保したいのですが……」

「部屋はたくさん余ってる」

ななみは首を振る。

「いえ、そんな大層な物をご用意していただかなくても構いません。ご主人様の押し入れにでも入れていただければ」

　ネコ型ロボットかな？

「それはなんて魅力的な部屋」

　その感性はおかしいよね姉さん。昔の俺からしたら、贅の限りを尽くした部屋に住んでいるというのに、押し入れにどんな魅力を感じたのか小一時間問い詰めたい。

「では上半分をはつみ様が、下半分を私が……」

「そろそろツッコミ入れても良いか？　そもそも押し入れないから、クローゼットだから」

　押し入れは布団の収納を、クローゼットは服の収納を考えて設計されてるからね？　人が寝ることは想定されてないから。

「はぁ、仕方ありません。でははつみ様がご主人様のベッドの右側で、私が左側ということで」

「はっはっは、ななみは面白い事を言うなぁ」

「うん、とてもすばらしい」

「まさかの快諾っ?!　そもそも部屋の話だったよな！」

　俺の反応を見て、心底楽しそうにななみは微笑むと、

「ご主人様、さすがに冗談でございます」

そんなわけ無いじゃないですか、と小突いてくるので、俺も「全く、お前は何を言ってるんだ」と俺がななみの背を叩（たた）こうとしたときだった。

「えっ？」

姉さんは人生の終わりを察したかのような、絶望的な表情で絶句している。

「「ゑっ……！」」

と俺とななみの声が重なる。姉さんの意思が分からず、言いあぐねていると、

「幸助、その、さっきの件だけど……」

少し顔が赤いままのリュディがリビングに戻り、

「ただいまーかえったわよぉー。今日は皆大好きお寿司ぃ♪」

にっこにっこ上機嫌な毬乃さんが帰宅する。

こうしてこの場は混沌（こんとん）を迎えた。

絶世の美女達が勢揃いする花邑家リビングには、様々な表情が入り交じっていた。それは嵐の前の静けさと言えばいいのだろうか。その場では誰も口を開かなかった。

最高級の寿司が目の前にあるからか、ニコニコしている毬乃さん。

普段と変わらないような表情だが、すこし落ち込んでいるっぽい姉さん。

先ほどからやたら目が合う、ほんの少しだけ顔が赤いままのリュディ。

自然体で、何を考えているかさっぱり分からないななみ。

そしてこの混沌空間に、つい先ほど帰ってきてかわいそうなぐらい狼狽するクラリスさん。ただでさえ想定外の事態に弱いのに、この状態はきついだろう。

「……つまり、どういうことかしら？」

切り出したのは毬乃さんだった。どう言えば良いのか少し考えたが、なるべく最初から説明すべきだろう。たまたまダンジョンを見つけたことにして。

「……という事でダンジョンを攻略し彼女を見つけたので……契約もしたし、そのままうちのメイドとして雇いたいなと」

「そっかぁ、ふふっ。なんで、そんな危険な事をしたのかなぁ？」

非難の目が突き刺さる。毬乃さんだけでは無い、ななみを除く全員からだ。

ダンジョンに突入したときは、なんとも思わなかった。自分なりに安全マージンも取っていた。しかし皆は知らない。俺にダンジョンの知識があって、準備もしっかり行っていたなんて思いもしない。

他者から見れば、無謀な事をしたと感じるのも、仕方ないだろう。今まで誰も踏み入れたことの無いダンジョンをたまたま見つけ、誰かに何ら連絡もせず、一人で突入する。

うん、もし俺が逆の立場だったら激怒していた。今の彼女達以上に激怒していたかもし

れない。次回から本当に気をつけよう。

毬乃さんだけでは無く、リュディと姉さんにもこってり絞られ、俺が反省の言葉を述べて、ようやく本題に入る。

「それでええと、ななみさんのことなんだけど……」

と、毬乃さんがななみを見つめると、ななみは何も言わず毬乃さんを見つめ返した。

不思議なことに、ななみは非常に大人しい。会話に入ってきて、冗談を言ったりすることも無く、口を開くことすら無い。原因はなんだ？

ななみが反応を示さないこともあって、少しの沈黙が訪れる。

それを破ったのはクラリスさんだった。

「反対ですっ」

全員の視線がクラリスさんに向かう。

「い、言い方は悪いですが、得体が知れません。私にはリュディヴィーヌ様を守る使命がございます。なにか事があってからでは遅いです」

確かに身元不明の者を家に入れることに、不安を覚えるのは理解出来る。一応リュディは殿下だ。……家での生活感溢(あふ)れる姿を見慣れたせいで、殿下らしさをあんまり感じないんだよな。

まあ、クラリスさんの懸念は不要だ。

「うーん。天使がしっかり契約済みっていうから、大丈夫じゃないかしら。天使の契約の安全性は私が保証するわよ？　問題があるとすれば、契約者であるコウちゃんを信頼できるかどうかって事ね」

まあ、コウちゃんは大丈夫でしょ。なんて、あっけらかんと毬乃さんは言った。

天使や悪魔における契約は絶対。ゲームの設定でもあったことだ。まあこの設定はサブヒロインとのエッッッなイベントで少し使ったぐらいで、ほとんど死に設定だったが。

まあ、その設定がこの世界でもあるのだろう。だからこそななみは、禁則事項をすべて話せと言ったら、自身が処分される可能性があっても、話さなければならない。まあ実際にやらせたわけでは無いから、本当に話してくれるのか、処分されるのかは不明だが。

「……仰るとおり、契約はつつがなく終わっております。ご主人様に逆らうことは決して出来ません」

ななみはそう言った。

逆らうことは無い、ね。丁寧語で話そうとしたら舌打ちしたり、同居できないなら悪口ながそうとしたりするけど。あれ、これって契約ミスでもあったんじゃ？

「し、しかし……そ、そうです。はつみ様はどうお考えですか？　服従しているとはいえ、赤の他人が同じ屋根の下にいるのですよ？」

姉さんは同居に反対してくれると思ったのだろう。うん、俺もそう思った。

「私はかまわない」

「はぇっっっ⁉」

非常に驚いている。気持ちはとてつもなく分かる。俺もつい先ほど通った道だ。

「りゅ、リュディヴィーヌ様！　リュディヴィーヌ様なら……」

そう言われたリュディは俺の方を見て、

「わ、私だって、幸助をその、一番信頼しているから……！」

上目遣いでそう言った。

さすがにリュディは賛成してくれると思っていたのだろう。クラリスさんはかなり驚いたようで、目を見開き口を開けるも、言葉が出ない。先ほどの出来事を少しでも知ってれば、皆がどう反応するかある程度察せられたんだろうけど、タイミングが悪いというか、かわいそうというか。普段お世話になっているし、何かでいたわってあげよう……！

「はい、じゃあ決まった事だし、ご飯にしましょ！」

おすしよ、おっすし♪　と口ずさみながら箸を用意して、毬乃さんは食べ始めた。すごくどうでも良いが、毬乃さんはいくらが大好物らしい。

食後、風呂に入った俺はななみの下へ向かった。どうやらななみはわざわざ俺の隣の部屋を所望したらしく、これでご主人様のおそばに居られます、なんて言った。

本気かどうか分からないが、そう言われると普通に嬉しくなる。また今後のことについて毬乃さんと色々決めてきたらしい。詳しくは聞いてないが。

「明後日にダンジョンですか？　承知いたしました」

と予約を入れておく。明日は学園で買い物し、その翌日はあのダンジョンに挑む。

今回は無理はしないことを約束、毬乃さんに報告、ななみもいるということで問題はないだろう。

俺はななみと別れると自室へ向かった。

明日の事を考えようとも思ったが、それよりもだ。

俺は電気をつけっぱなしだったろうか？　少し開いた扉から、光が漏れている。

「………うーむ。よし。すぅぅぅはぁぁぁぁ」

扉を開けてから部屋を見て、大きく深呼吸する。よかった。つけたのは俺じゃなかった。

目の前には俺のベッドがあり、その周りには脱いだのであろう服が散らばっている。落ちていたのは茶色のセーターに、赤いスカート、そして黒いレギンス。うん、ついさっき着ていた人を見た覚えがある。

彼女はこちらに背を向けている。そのため確実とは言えないが、体が一定のリズムで動いていることからしっかり寝ているものと思われる。

さてと、何で姉さんが俺のベッドで寝てるんですかね？

ふぅ、と再度大きく深呼吸し、散らばっていた服をたたむ。そして電気を消すと静かに部屋を出た。向かう先は居間のソファー。エアコンの設定を変更すると、大きく伸びをして横になる。

よし。

今日はダンジョンを攻略出来た、すばらしい一日だった。

明日も頑張ろう、おやすみなさい。


久しぶりに学園に来たものの、目的は授業ではない。

「ええと陣刻魔石も買ったし、忘れ物はないな……？」

「ご主人様、頑張ったご褒美のスイーツがまだです」

ＯＬかな？　毬乃さんかな？　それともななみが食べたかったりするのかな？　いやそれよりも。

「あえてツッコまなかったけど、なんでななみがここにいるんですかね？」

明日ダンジョンへ行くため、そちらのスケジュールは確保して貰っている。しかし今日何かしらをお願いしていたわけではないのだが。

「ご主人様あるところ、ななみありです」

「意味がわかんねえんだよなぁ……」

「自宅に居てもやれることは限られそうでしたのでどうせならと思いまして」

俺が言いたいことを察したのだろう、彼女はそう言う。

まあそれはその通りだ。家ならばクラリスさんとお留守番になるのだろうか。

「でも学園生じゃないのに来ても大丈夫なのか？」

「一応最大権力者に許可は頂いておりますので……『おっけー』の一言でした」

なるほど、昨日毬乃さんと話し合ったと言ってたが、この件だったのだろう。それにしても。

「この学園大丈夫かな」

まあ今まで大丈夫だったから大丈夫なのだろうが、正直不安である。

「さすがに私以外の者に軽く許可を出すとは思いませんが……」

と話しているとななみが何かに気がつき俺に視線で示す。様子が変わったななみの視線を追うと、そこには小柄なツインテール少女がいた。

「あん、幸助と…………メイド？」

「カトリナ？」

そこにいたのはカトリナだった。

さすがに驚いたのだろう。視線がななみで止まっている。いや驚くに決まっているのだ。

なんせここは学園だ。皆が制服で登校している学園だ。なんでメイド服の女性がいるんですかね？　まあ、うちのメイドなんだけど。

さて、俺はななみを紹介しなければならないんだが、彼女はいったい何なのだろう。天使であることは伝えなくて良いし、メイドなんだけど、ちょっと変なメイドで……でも変って言わなくて良いから。

「メイド？　のななみだ」

「アンタさあ、その説明なんなの？　誰がどう見たってメイドよ。メイド以外に見えるんだったらアタシが聞きたいわ」

「そうです、説明不足です。『美少女』が入っておりません。やり直してくださいご主人様」

カトリナはこの主従大丈夫かしら？　だなんて思っていそうだ。一つ言わせて貰おう、駄目かもしれん。

「ななみ、彼女は加藤里菜(かとうりな)だ。俺はカトリナって呼んでる。ええと接近戦が得意でかつナイフの扱いがうまい」

「カトリナ様ですね、瀧音幸助ご主人様にお仕えしております、美少女メイドななみでございます。ご主人様と包丁の扱いに関してはプロ級だと自負しております」

「ねえ、アンタの説明適当すぎない？　そもそもアンタ達主従大丈夫？」

「たまに俺も不安になるんだ……」

「何を仰いますか、こんなパーフェクトメイドを捕まえておいて。ななみに幸福が訪れますよ？」

「それ俺に幸運がもたらされてないよね？」

「美少女が幸せそうな姿を見れば、ご主人様は幸せになるはずです」

「確かに………！」

目からうろこだ。そうだよ、自分の好きな子が笑ってると幸せになる、間違いない。

「はぁ、分かった。アンタ達主従が、これ以上ないぐらい相性が良いことが分かったわ」

それはあるかもしれない。まあ、そんなことはいいや。

「そういや今日はどうしたんだ？　午後授業の時間だろ？」

「普段は接近戦闘する伊織やオレンジなんかと授業に参加すんだけど、今日は開錠と罠探知スキルを上げたかったからバラよ。そしたらどうなったと思う？　講師が休みでさ、ふざけんじゃないっつの」

「それ、ツクヨミトラベラーに表示されてないか？」

ツクヨミトラベラーはそういった授業情報が載っているページにアクセス出来る。そこを見れば良いのだが、まあスケジュールをしっかり頭に入れてると、見ないでそのまま来ちゃうことはあるな。

「わーってるわよ。アタシのミスなのは」

プリプリ怒りながら一緒に歩く。しかし俺は少し気になる事があるのだが。

「なあ、カトリナはいいのか？」

「は？　なんの話よ？」

「いや、この状況だよ」

俺が辺りを見ると視線がこちらに向いているのが分かる。大抵はななみだが俺に対していやな視線を送っている者もいる。こんな状態で俺たちと一緒にいるカトリナに好奇の視線が来ないわけがない。

「あん？　なんでよ。アタシさ、アンタが悪い奴だと思ってないし。別に誰にどう思われようと好きに言わせとけばいいとか思ってるし……って何かしらあれ。ちょっと見に行きましょ」

そう言って先を歩くカトリナ。

彼女を追おうと思って一歩踏み出そうとしたとき、ななみが隣で小声で話しかけてきた。

「なんというか、ざっくばらんで素敵な女性ですね」

知ってる。カトリナはすごく良い奴だ。てかマジエクで悪い奴を探す方が難しいんだよな。

カトリナを追いかけた先に居たのは、倒れている女性と、それを見下ろす男性。そしてそれを眺める野次馬（やじうま）だった。

「ちょっと、しっかりして！」

「おい、しっかりしろ！」

すがるように寄り添う二人。ボロボロのウサギ耳の女性は、うっと声を上げ体を動かそうとしていたが、それは出来なかった。

それをつまらなそうに見つめるベニート卿。

そしてその様子を見て表情を変えたカトリナを第三の手で捕まえる。場合によっては駆け出しそうな気がしたから。

「アンタ……何してんのよ」

「大丈夫だ」

確信をもってそう言える。なぜならあのウサギ耳の彼女には見覚えがある。

騒ぎを聞きつけ駆けつけたのは俺たちだけではなかった。

人混みの中から燃えるような赤い髪の女性が現れる。そして倒れているウサギ耳の女性を見て、それを見下ろすベニート卿を見て、表情を一変させた。彼女は彼の前に立つと、レイピアに手を乗せ、睨み付ける。

「ベニート君？　説明して頂けるかしら？」

「説明？　そんな物必要かい？　彼女は敗者、僕が勝者。ご覧の通りだよ」

今度は白髪の女性が前に出ると、ウサギ耳の女性へ向かう。あの服装はステファーニア

聖女だ。彼女は魔法陣を具現化させると、回復魔法を発動する。

以前も見かけた生徒会会長のモニカ、風紀会会長職である隊長の座に就くステフ聖女、そして式部会会長職ベニートがいま、ここにそろった。

ベニート卿とモニカ会長は先ほどのウサギ耳の女性に関して言い争いを始める。

「ねえ、ベニート君。私はさ、ベニート君の実力は認めてるの。でもね、これはないでしょう？」

「僕だってモニカ会長の実力は認めてるさ。でもさ、君は甘いんだよ。はっきり言ってあげて、実力と才能を見せてあげる僕の方が優しくさえあるね。ほら、君。立って。まだ僕はこんなに元気なんだよ？　君はまだ僕に土埃（つちぼこり）一つつけてないんだよ？」

ステフ聖女に回復して貰った女性は、ベニートを睨み付けて前に進もうとするも、それは友達らしき者におさえられた。そして引きずられるように連れて行かれる。

それを見てベニート卿は「やれやれ、目障りなんだからさっさと退学してくれれば良いのにね」と呟（つぶや）く。

ゆらりとモニカ会長の周りに赤い陽炎（かげろう）のような物が浮かび上がる。それはモニカ会長の燃えるような赤い髪と同じような火属性の魔力。彼女のあふれ出る魔力が可視化しているのだろう。

「ねえベニート君。私に成績で一度も勝てたことのないベニート君。そんなに戦いたいの

なら私が戦ってあげましょうか？」

その言葉を聞いてベニート卿の目が細くなる。そして体から茶黄色い魔力があふれ出る。まるで大きな衝撃を受けても動じないような、土属性の魔力が。

「へえ、なんだい？　喧嘩を売るなら僕は買うよ……思ってたんだ。君は一度大きな敗北を喫するべきだとね。そもそもだけど、君は甘っちょろいから生徒会長も似合わないと思ってたんだよ。そうだ、僕にやられて引きずり下ろされる前に、辞任したらどうだい？」

会長からあふれる魔力が一段強くなる。

「へえ、その程度の実力で……私を引きずり下ろせるとでも思ってるの？」

「確かに君は力がある。でも自分の力を過信してはいないかい？　無駄が多いんだよ。まあその無駄を省いたところで、僕に勝てないんだけどね」

それを収めようとしたのか、聖女が二人の間に割って入った。

「二人とも落ち着きましょう。少し虫の居所が悪いようですわ、一旦この場を離れて――」

しかしその聖女はモニカ会長とベニート卿に払われた。

「ステフ、こういう頭が腐ってるのはね、一度痛い目を見た方が良いの」

「痛い目を見るのはどちらなんだろうねぇ？　ステファーニア様には申し訳ないのですが、今回は自分のプライドが懸かってるんです。邪魔するのであれば、聖女だとしても容赦はできません。まあ風紀会の飾りであるステフ様に何か出来るとは思えませんけどね」

「あら、珍しく意見が一致したわね」

その言葉にステフ聖女の雰囲気も少し変わる。

「ベニートさんは粋なこと仰いますね。モニカさんも冗談が過ぎる。私が飾りだなんて」

ステフ聖女からも、魔力があふれ出す。それは聖女を象徴するかのような、白銀の光属性の魔力。

「お二人が争いを止めないのであれば、私も力を出さざるを得ませんね」

三人の魔力に中てられ、辺りの生徒達の雰囲気も少し普段ならモニカ会長やステフ聖女を応援するのだろうが。

「なんだよこの雰囲気」

「これ、大丈夫なの……？」

膨大な魔力があふれての一触即発な状態。辺りはこの異様な雰囲気に困惑していた。それも相当なプレッシャーなのだろう、隣に居るカトリナも硬直していた。

「これが、三会。ツクヨミ魔法学園で最大の権力と最高の戦力を持つ会の会長達」

そう、これが三会なのだ。実力者しかいない学園のトップが居る場所、そこが俺が目指す中継点の一つであり、そして最終的に。

「超えなければならない人達」

えっ、とカトリナが驚いた様子で俺を見る。

睨み合う三会会長達を見て、辺りに居た生徒達は切迫した状態だと思っただろうか。俺はそう思わなかった。

三会という組織に属する、もしくは詳しく知る者ならば思うはずだ。そもそも俺はあそこでベニート卿に倒された新聞部の女性を知っている。だからこそ分かる。

ああ、なんて……。

「あらあら。いったいこの状況はなにかしら」

このまま何かが始まるのかとも思っていたが、そうではないらしい。

「花邑毬乃、学園長」

辺りの誰かが呟いた。現れたのは学園長である毬乃さんだった。それを見て、小さく頷く。確かにこの場を収めるには毬乃さんが適任だ。

「モニカさん、ちょっと学生会の件でお話ししたかったのだけれど……」

彼女がそう言うとモニカは魔力を霧散させ、キッとベニート卿を睨む。そして毬乃さんと共にこの場を後にする。そして聖女は先ほどの女性が心配だとこの場を去った。

残ったのはベニート卿だった。

ベニート卿は出来ていた人だかりを見て肩をすくめると、こちらに向かって歩き出す。

そして彼は俺たちを見て足を止めた。

「メイド、ね」

そしてメイド服のななみを、そして隣に立つ俺を見て口の端を吊り上げる。そしてななみに魔力をぶち当ててきた。

「君らはさ、ここが遊ぶ場所だと勘違いしているんじゃないか？」

ななみは動じてはいなかった。それどころか一歩前に出て俺に魔力が来ないようにしたので、遮って俺がななみの前に立った。

ツクヨミ魔法学園の絶対的権力、三会の式部会の式部卿であるベニートと対峙する。

「ウチのメイドが何か？」

「何かって、何かしかないだろう？　メイドとイチャイチャしに来たのかい？　だったら学園なんて来ずに、家に居れば良いじゃないか。メイドを雇うくらいだ。それなりのお金はあるんだろう？」

ベニート卿は続いてカトリナを睨む。

「君もこんなところで油を売っていていいのかい？　君たちはただでさえ才能がないんだし、少しでも努力した方が良いんじゃない？」

俺にぶち当たっていた魔力がカトリナへ向かう。その大きな魔力を浴びてびくりとカトリナが体を震わせたのが分かった。

これが、式部会、ベニート卿の魔力。その圧力をもろに受けているカトリナの心労は相当な物だろう。しかし、魔力量だけで見ればこの程度だ。俺よりは圧倒的に少ない。だか

らだろうか。それが恐いとは俺は思わなかった。

俺はベニート卿に向かって不敵に笑うことにした。

「ははっはははは、はははははははっ」

辺りの温度が数度下がったように、沈黙した。驚いたことだろう。悪の親玉である、式部会の会長職、式部卿のベニート・エヴァンジェリスタに向かって不敵に笑ったのだから。

「なんだ三会のトップって言うからには目が肥えていると思ったんだがな」

ベニート卿も一瞬表情が崩れるくらいだ、辺りの人々の衝撃は大きかったに違いない。

「なあ、ベニート・エヴァンジェリスタ卿。お前が馬鹿にした彼女達は俺から見れば可能性の塊だぜ？　目ん玉ついてるのかよ」

ちらりと後ろを見る。カトリナは驚愕していたが、ななみはいつも通りだった。

「そこで笑ってられるのも今のうちだ。俺もななみも、カトリナもすぐにお前を超えるんだしな」

俺がそう言うと、一拍おいてフフッとベニート卿は笑う。

「へぇ、じゃあ見せて貰おうじゃないか。口だけじゃないことを僕は祈っているよ」

そう言ってベニート卿はにやりと笑うと、この場を去って行った。

小さく息をつき心を落ち着かせる。

そしてカトリナ達の方を向くと同時に、ドスと腹に衝撃が来た。腹を押さえながら、攻

撃してきた彼女を見つめる。

「うっ、なんだよ」

「なにしてんのよ、殴るわよ」

「いや、殴ってから言うなよ……」

どうやら腹に一撃入れたのはカトリナのようだった。頬を膨らませ不機嫌そうに睨(にら)んでくる。

「ねえちょっとアンタマジで勝手に何やってんのよ?」

「いや、だってさ」

「確かにちょっとさ、魔力に中てられたわよ……でもひるんだのは一瞬だけ。その後はアタシが言い返してやろうかと思ったのに」

俺が喧嘩を売った事に対して大層ご立腹だ。しかし。

「まあまあ。俺はさ、本当の事を言っただけなんだよ」

「は?」

「俺はカトリナがほんとにベニート卿(きょう)を超えられると思ってんだ」

カトリナはきょとんとした表情になった。なんだ、この可愛い反応は。

「俺もだけどさ、今はまだ三会のメンバーに、式部卿であるベニート卿に勝つのは難しいと思う」

彼ら三会は強い、そもそも三会メンバーで明らかに弱い者など一人も居ない。そして今日出会った人達は特に強い者達だ。

「カトリナと戦ってさ、そのあとで俺を超えるって言われたときにさ、思ったんだよ。こいつは大物になるってな。まあ伊織やリュディなんかも同じように大物になると思ってんだけどな」

なんせ俺は知っている。ゲームパッケージの表紙にうつる小柄ツインテのメインヒロインは、どのダンジョンでだって活躍してくれた。瀧音幸助よりも何倍も活躍してくれた。

しかし、しかしだ。

鳩が豆鉄砲を食ったような顔をしているカトリナに、残念だがな、と話を続ける。

「ただ俺が最強になるのは決まってるから、どんなに頑張ったとしてもお前は二番目だ。悪いな」

「ご主人様、私が二番目ですので、カトリナ様は三番目かと」

ななみと俺の話を聞いてカトリナはクスリと笑う。

「ちょっとアンタら主従さぁ、何言ってんのよ……？」

やれやれとわざとらしく肩をすくめ、笑みを浮かべた。それはゲームで何度も見てきた不敵な笑顔だった。

「アタシが一番になるに決まってんでしょ？　アンタらや伊織には負けるつもりはないいん

だからね」

そう言って彼女は背を向けて歩き出す。しかし数歩歩いて彼女は足を止めた。

「あっ、そうそう、幸助っ」

背を向けたまま彼女は俺を呼ぶ。

「どうしたんだ？」

「庇(かば)ってくれて、ありがとう。今日のアンタさ……ちょっとだけだけど、かっこよかったわよ」

そう言って彼女は駆け出した。

六章 夜天光の洞窟

ななみと訪れたダンジョンは『ネコ科の肉食獣が居そうな穴』の店舗特典で付いてきたアペンドディスクのダンジョン『夜天光の洞窟』である。秋葉原に来る度に、エロゲだけでなくついつい薄い本を買ってしまう店で、いくら万札が飛んでいったか分からない。まあ『美味しそうな本達』なんかでも買ってしまうのだが。

さて、マジエクの店舗特典アペンドディスクは、ゲームのバランスブレイカーな特典がついてくるわけではない。『柔らかそうな地図』なんかの店舗特典も同様だ。序盤こそ超有用ではあるが、物語後半では力不足になる、そんなアイテムやスキルが入手出来る。

もちろん現時点で超有用なスキルがあるここに、来ないわけがない。

「ななみ、弓はどうだ？」

「もはや手足も同然でございます。まあ私ほどになればどんな武器でもすぐに使いこなせるようになるのですが」

メイドナイトの特徴として、特殊な武器を除きすべての武器が扱えることが挙げられる。

そのため人によって成長パターンは様々であろう。接近攻撃を極めさせる者もいれば防御系スキルと大盾で壁役にしたりする者、またほぼ全属性の魔法を扱える利点を生かし、杖（つえ）を持たせて魔法を覚えさせたり、回復魔法を使わせる者もいた。

それは他のパーティメンバーがどうなるかによって変えるだろう。まあ何周もゲームをしたメイドナイトは、たいてい何もかもを使いこなすのだが。

「そりゃあ頼もしいな」

俺がななみにお願いしたことは、盗賊系スキルの取得、及び遠距離攻撃である。

ダンジョンに挑むに当たって絶対に必要となるものに、盗賊系スキルがある。罠（わな）が探知出来なければ罠で串刺し（くしざ）になる事もあり得るだろうし、宝箱に掛かっている鍵（かぎ）を解錠スキルで開けて貰う事もあるだろうし、宝箱のトラップ解除もお願いしたい。

また俺の苦手分野である遠距離攻撃も賄って貰えるならば、それはいったいなんてすばらしいメイドなのだろう。ただ唯一にして最大の欠点はエロトラップをも感知してしまうことか。

「それよりも宜（よろ）しいのですか？　リュディ様達にお声がけされなくて」

「学園だからな……休みだったらお願いしてついてきて貰うんだけど」

一応毬乃（まりの）さんや姉さんにはななみと二人でダンジョンへ行くことの報告は済みである。ななみがいるということもあるのだろう、思ったよりも簡単に許可は得た。ただし、無理

はしないことを約束させられたが。

あとなぜか姉さんが学園をサボってついてこようとしてた。リュディとか先輩のように学生ならともかく何で教授がサボるんだ？　毬乃さんに投げたが。

もっともななみの居た『薄明の岫』と同レベル帯のダンジョンであるから、苦戦するとはこれっぽっちも思わないし、何よりここまで苦戦せずに来られた。

そう、最終層まで。

「長く苦しい戦いでした……。もう最終層でございますが」

「どこがだよ、それにしても、ほんっとトントン拍子だったなあ」

目の前にあるのは巨大な扉。ただ開けられないのか、その前に魔法陣が設置されており、青白い光が放たれている。この世界の扉ってなんなんだろうな。

「ああ、ついに来てしまいましたね……ななみの真の力を見せつけるときが」

「それ系聞くといつも思うけれど、最初から解放しておくべきだよな」

最初から解放しておけば負けなかった戦いとかあるよね。

「では、いきましょう」

と二人で魔法陣の中へ入る。

ボスとして配置されているのは人虎（ワータイガー）である。マジエク序盤でこそその速さと力に苦戦するボスであるが、中盤以降からはさらっと雑魚（ざこ）モンスターで登場する事もある。また一

部ネームドと呼ばれる特殊個体が存在しており、そいつらは雑魚とは一線を画する強さを持っている。俺も苦戦を強いられたヤツが居た覚えがある。周回プレイではただの養分(経験値)であったが。

転移魔法陣の先に居たのは想像していた通り、黄色に黒の縞模様(しまもよう)が入った毛を持つワータイガーだった。

その顔は完全に動物の虎である。しかし体のベースが人間で、それに毛を生やし爪を伸ばしたような姿と言えば良いだろうか。また体全体がボディビルダーのように筋肉質でその一撃一撃には苦労させられそうに見える。ただ、見えるだけだ。

「ヴヴァァォォォ」

低く、体に響くような声だった。いつでも飛び出せるようにか、体を低くしこちらを睨み付けるワータイガーを睨み返す。

「ななみ、いきます」

最初に動いたのはななみ。弓に魔力を溜(た)め引き絞り放つ。

するりと、ワータイガーは横に動いた。あの重そうな体からは想像出来ないほど、なめらかにその矢を避(よ)ける。結構距離があるし正面からまっすぐ狙うから当たらないのだろう。

ななみも当たると思っていなかったと思う。既に次の矢を手に持っていた。

ワータイガーはこのままではまずいと思ったのだろう、こちらへ向かって駆け出してく

る。ただし、ななみも既に反応していた。ななみが放った第二射がワータイガーへ飛んでいく。今度もまた避けられたものの、先ほどよりも避ける余裕はなくなっているように見える。また既に第三射は放たれていた。それも先ほどと同じように単純な普段の矢ではない。

『インパクトアロー』

それは弓を始めた初期の内から使用できる技で、少し癖のある技だ。

インパクトアローは矢が刺さる事でのダメージではなく、その勢いと衝撃でダメージを与える技である。たとえて言えば、フェンシングで突くのと、ハンマー投げのハンマーで攻撃するかのような違いがある。

「実は俺、要らないんじゃね？」

その衝撃はワータイガーを吹き飛ばすほどの力があり、こちらに近づいてきていたワータイガーが初めに居た位置付近まで飛ばされていた。

先の二射がインパクトアローではなくただの矢で、三射目でスキルを使い当てる。これどう見ても様子見の二射に真面目に狙った一射だよな。

「何を仰いますか、必要です。ふん、こんなものか、私が手を下す必要もないな、はっはっはと笑って頂かないと」

「それ後々負けちゃう悪役っぽいんだけど？　それに今回の戦闘に関して俺やっぱり不要

だよね？」

いつでも動けるようストールに魔力を込めてはいるが、なんだか必要なさそうだ。

「よろしければご主人様の活躍の場をお作りしても構いませんが」

「クラリスさんと普段やってるから、負ける気がしないけどな。でも少し戦ってみたいぜ」

出来れば様々な種類の敵と戦闘を経験したい。ゲームでは最高効率を求めて戦闘を行ったが、現実ではそうもいかない。やはりそのモンスターや人に癖があって、それを理解して戦わなければ勝利は得られない。効率と経験のバランス、これがこの先非常に重要になるだろう。

先輩やクラリスさんを見てそれを強く思った。

ワータイガーはすぐに次の矢が来ると思ったのだろう。こちらに向かって駆け出していた。俺は前に出て、ワータイガーの攻撃に備えるためストールでファイティングポーズを取る。そして手は刀に添え、いつでも抜けるよう鞘に魔力を宿す。

ワータイガーはこちらへ近づきながら右腕を振りかぶる。するとその右腕に魔力が収束していき、右腕が巨大化した。

ワータイガーは目をギラギラと輝かせ、口を開いて鋭い牙（きば）を見せつつ、その腕を振り下ろす。

衝撃は思ったほどなかった。

「やっぱ先輩やクラリスさんの筋力っておかしいよな」

それはストールで受け止められる程度だった。

そもそもマジエクにおける上位のワータイガーは、腕だけではなく全身を巨大化させる能力を持っている。そちらに全身を使った攻撃をされたならば、どうなるかは分からないが、目の前に居るのは一番弱いワータイガーだ。まだ余裕で狩れるし、むしろ良い訓練かもしれない。

攻撃が弾かれたワータイガーはすぐに横飛びをして再度こちらに突っ込んでくる。それと同時に、ななみとワータイガーの直線上に立った。

再度肥大化した腕にあわせ、ストールを展開しその腕を払う。力をそらされバランスを崩したところで、鞘に溜めていた魔力を解放する。腹をこちらに晒し転びかけた体は、格好の的だった。

一閃。手応えはあった。ずるりと体がずれると、ワータイガーは魔素へと変わっていった。

「さすがですご主人様、さすごしゅ」

「なんで略した……？」

落ちた魔石を回収すると、辺りを見回す。ワータイガーが現れた更に先に一つの魔法陣が見える。察するに転移魔法陣だろう。

「何も無さそうだし、先へ進むか」

「そうですね」

一応ななみと二人でぐるりと辺りを確認すると、その魔法陣の中に入っていく。

転移魔法陣の先は、今までと同じように石造りの洞窟だった。光源がないはずなのに、なぜか道が明るく先が見える。壁が薄く発光しているのだろうか。

「ご主人様、宝箱です」

ななみが指し示した場所を見ると、確かにそれは存在していた。木の枝で作られたような装飾が施された、銀色の箱が置かれている。

「聞くまでもないかと思いますが、どうされますか？」

そりゃ、目の前に宝箱があるならば。

「もちろん開けるに決まってるんだよな」

当然である。なんの為にこのダンジョンに来たかと言えば、もちろん宝を回収するためである。

宝箱を回収したらいったいどうするのが良いのだろうか。とりあえず避けていた『暗影の遺跡』へと進むか？

まあ、進むしかないんだよな。あそこにはツクヨミダンジョンを攻略する上で、なくてはならない大切なアイテムがある。たとえ土下座しようとも回収しなければならないのだ。

「ご主人様？　どうかされました？」

「あ、いや何でもない」

ななみは不思議そうな表情で俺を見つつ、先を歩く。そして下を向いていた事で俺は気がついた。

ななみが足を下ろした場所からうっすら赤白い光が浮かび上がることに。

「ななみっ」

近くを歩いていて、良かったと思った。すぐさまななみの腕を摑み彼女を抱き寄せる。

しかし発動した魔法から逃れることは出来なかった。ふと見てみればななみが踏んだ魔法陣は俺の足元まで広がっていた。

そして俺たちの体は光に包まれる。


―ななみ視点―


ご主人様と初めてお会いした時は、いったい何が起きたかと思った。

本来ならば一般人間が私と契約など出来ないはずだった。なんのバグだろう。人外みたいな魔力の影響なのだろうか。あれほどの魔力を持つのだから、それは可能性としてあり得た。しかしそんなことを悠長に考えていても仕方なかった。

原因が何であろうと現実は現実である。まずは行動をしなければならない。

知識が転写されるメイドナイトが確認する事は、ダンジョンの確認とダンジョンマスターの確認である。

ダンジョンマスターによっては一部のメイドナイトや下級のモンスターなどは、それこそ使い捨ての道具だった。機械のように淡々と、すべきことをこなさせ、壊れたら終わり。ご主人様がやけに重要視している人権のような物はない。

そう本来なら私たちに人権などないのだ。

転写された知識のみだから今もそうなのか判断できないが、私のシリーズは業界的に見ても最高の値段と品質を備えているらしい。だから比較的大切に扱われるらしいが、それは比較的にである。

そしてその『価値』が分からなければそうならない。芸術と同じである。『歪んだ茶碗』の価値を見いだせれば大切にするだろうし、それの価値が分からなければいびつで使いにくい日用品として扱われ、最終的にゴミとなる。

私の一番の価値はダンジョンメイドであることだ。ダンジョンを経営するダンジョンマスターと共にダンジョンを経営、保守などをこなせることが売りとなっている。

しかしご主人様にはそれを話すことが出来なかった。いや話せるのだが、それによってどんな影響が私に出るか分からなかった。それでいて私は契約時にご主人様の魔力で登録されたから、ご主人様への絶対服従という契約もされている。

私が自身について詳しく話せないということを伝えた時、ほっとしたのと同時に、このご主人様は大丈夫なのかと思った。

現状を確認したのちにメイドナイトがしなければならない事は、契約者の事をよく知ることである。

とりあえずご主人様の許容範囲を知ることにした。そのため私がご主人様に対して出来る失礼なボケや、スキンシップ、わざと失礼な事をしてみたり等を行う。

それによって、私がよっぽどの事をしない限り、ご主人様は怒ることはないだろう事が分かった。あとドスケベでありながら、奥手なことも。正直に言えば、そのやりとりは非常に楽しかった。くだらないことを言い合えることは最高の信頼関係を築けると、私の知識が言っている。

また出会って間もないというのに、ご主人様はこちらを信頼してくださってる節がある。ダンジョンマスターではないものの、良いご主人様に巡り会えたのでは、とも思った。

さて、ご主人様が私に求めたのはダンジョン攻略のお供らしい。本来のメイドナイトの使われ方とは違うが、一応それらしきことは出来る。そもそも管理する側のメイドだから、知識は豊富だ。

このままダンジョンを案内するメイドとしてご主人様のお役に立とう、そう思う。

それはあの色々とおかしいツクヨミ魔法学園に行ったときもそうだった。実力者らしき

式部会のベニート卿に魔力を当てられたときなぞは、ご主人様が自ら前に出て私を庇ってくれた。この使い捨てにもなり得るメイドを。本来なら私が前に出なければならないのに、だ。

私はどうせダンジョンに関わることになるのなら、このご主人様について行きたいと思った。一緒に笑いたいと思った。力になりたいと思った。

しかし、私は今何をしている？

私はダンジョンを管理するメイドだ。ダンジョンで生まれダンジョンで死ぬメイドだ。だというのに、なぜ宝箱前で警戒を解いた。なぜ私を助けようとするご主人様を突き飛ばさなかった。

考え得る中で一番最悪だ、エクストラフロアに転移だなんて。

エクストラフロアといえば、ダンジョンにおいて一番強いモンスターを配置される可能性がある、特別なフロアだ。配置されるモンスターはもしかしたら私たちの手に負えないかもしれない。そしてエクストラフロアでは基本的に脱出アイテムが無効化される。

なんで私は、このご主人様にお仕えしようと思った瞬間に、こんなことをしでかしてしまったのだ。

冗談など、言う余裕はなかった。

ご主人様が私に対して負の感情をもつかもしれない。死ぬ可能性があるかもしれない。

それらを想像し胸が締め付けられる。

とりあえず失態をしたことを謝らなければならない。


「大変申し訳ございません」

運が良かったのか、悪かったのかと聞かれれば、最悪は免れただろうか。

転移魔法が発動して知らないフロアに飛ばされ、真っ先になしたことは謝罪だった。膝を突き土下座をしようとしていたので、すぐさま第三の手で彼女を摑みそれを阻止する。

「何が悪いのか全く理解できない」

「罠を踏み抜いたばかりか、ご主人様を巻き込んでしまいました」

なんだそんなことか、そうななみに言ってやった。

「全く気にする事じゃない。俺だって罠に気がつかなかったんだし、同じだろ？」

「しかし、私は罠探知も任されていたというのに……」

「確かに任せてはいたけれど、ここではお願いしていないし、百パーセントとか不可能だ

と思ってる。それに俺を巻き込んだと思ってるだって？」

　わざとらしく肩をすくめる。

「巻き込んだんじゃない、一人で楽しそうな事しやがって、俺も交ぜろと思って飛び込んだだけだ」

「フォローはありがたいのですが、さすがに無理があります」

　なぜか分からないが、ななみはやけに意気消沈している。とりあえず少しふざけながら、別にたいした問題ではないことをアピールするも、まだ落ち込んでいるように見えた。

　俺は帰還用の陣が刻まれた魔石を取り出し魔力を注ぐも反応はない。ということは一般のフロアではなく、何かしらの特殊なフロアであることが察せられる。そうなると。

「毬乃さんから貰ったダンジョン帰還用アイテムも動きなし、か。とりあえず、先進んでみようぜ？」

　動揺とは面白いもので、自分よりも更に動揺している人を見ると心が落ち着いていくものだ。確かに俺も結構な動揺をしていただろう。しかしななみを見て自分の動揺は小さくなって、いつのまにか俺がなんとかしなければという決意みたいなものに変わっていた。

「思ったより大丈夫そうだな」

　正直言うとダンジョン自体に関してはあまり心配はしていなかった。

　マジカル★エクスプローラーのいくつかのダンジョンでは攻略し終えた後、ごく稀にエ

クストラフロアに転移させられることがある。

それは更に特別なボスがいるフロアか、金銀財宝があるフロアか、エッッッなご褒美フロアか、もう一層ダンジョンの続きがあるか。それはダンジョンによって変わってくる。マジエクのRTAではリセットポイントと呼ばれる運が絡む部分でもある。

今回の場合はエクストラボスが出現する、エクストラフロアのパターンだろう。財宝と転移魔法陣があるフロアが一番良かったのだが、残念なことにそれはなかった。

懸念があるとすれば、今回のダンジョンではエクストラフロアがなかったと記憶していたので、出現するボスがなんなのか判断がつかないことだ。

ただマジエクの傾向として、一、二段階上のボスモンスターが出現すると踏んでいる。まあ苦戦するかもしれないが、なんとか倒せると思う。楽観視しすぎかもしれないが、最悪を考えて意気消沈している彼女がいるから、俺はなるべくプラス思考で空気を明るくする方が良いだろう。本来なら、立場が逆になりそうな場面なのだが。それにしても。

「なあ、ななみは自分を責めないといけない病気にかかっているのか？」

「そういうわけではございませんが……」

珍しく視線をこちらに向けず、うつむいたままのななみ。かなりふざけたことを言う彼女だが、根は真面目だ。契約したての時は同じように真面目だった記憶がある。

「じゃあ、自分を責めるのは止めてくれ。俺だって気がつかなかったんだぞ？　ななみが

いなかったら確実に踏んでたぜ」

「確かにそうかもしれません」

「なんでそんなに自分を追い込むんだ？」

そう言うとななみは体を一瞬ブルリと震わせる。

「それは言わなければならないのでしょうか」

「いや、言いたくなければ言わなくてもいいんだが……」

「ご主人様、そういう所です、そういう所なのですっ」

ななみは首を振ると取り乱しましたと謝罪する。

「実はダンジョンメイドであるメイドナイトには知識が転写されます。ですから私（わたくし）は知っているのです。私（わたくし）はいくらでも代わりのきく物であると」

「……それらしきことは言ってたな」

「罪悪感で一杯なのです。本来なら伝えられることも私（わたくし）の個人的な事情でお伝えできず幻滅されたかと思います。さらにはミスばかりで使えないメイドとも思われているかもしれません。だから私（わたくし）は力になりたかったのに、フォローされてばかりで……それに罠で飛んだ先がまさかエクストラフロアだなんて……」

聞く限りだと、彼女が肩を落とすのにはいろいろな要因があるようだ。

「そんなわけないだろ。幻滅？　何言ってんだ、一ミリたりともそんなこと思ってない。

そもそもミスだなんて俺もよくするさ」

「……ご主人様」

そうだ、幻滅なんてするわけがない。

「ななみ。知っておいて貰いたいんだ」

そう言って目をつむる。頭に浮かぶのはリュディ達だった。

「俺はさ、世界最強になりたいんだ」

それは大きくて手が届くか分からない目標だ。

「実はつい最近なんだが、リュディが死ぬかもしれない大ピンチに陥ったんだ」

「…………そうなのですか？」

「そうなんだよ。無理矢理学園の先輩巻き込んで、無我夢中で助けにいって」

生きていたのは奇跡だったと思う。俺も、リュディも。

「それでさ、思ったんだよ。リュディを、先輩を、姉さんを毬乃さんをクラリスさんを……皆を守れるぐらい強くなりたいって。だから最強になりたいんだ」

マジカル★エクスプローラーのヒロイン達をハッピーエンドに導けるぐらいに。

「それは単純な思考かもしれない。でも俺はこんな自分が気に入ってるんだ。まあそれはどうでも良いか」

そう、それはどうでもいい。俺が本当に伝えたいことは。

「それでな、守りたいと思っている人の中にななみもいるんだ」

元々俺はリュディが好きだった、先輩が好きだった。マジカル★エクスプローラーというゲームに触れて、彼女らの悩みを知って、それを助けて、一緒に冒険に行ってそれで彼女達の事を好きになった。

そしてゲームではなく、このマジカル★エクスプローラーが現実の世界に来てその彼女たちへの思いは更に強くなった。

ゲームでは想像出来なかった。超こってりの味噌ラーメンを目を輝かせながら食べるリュディを見た。ソファーでぐったりしながら俺の魔力を求めるリュディを見た。

世界遺産に指定されそうな美しい景色より、目を奪われる先輩の修行姿を見た。修行後にスイッチが切れたような先輩とありきたりな日常の話をするのが心から楽しかった。

好きな人達と楽しさを共有できたことで、俺は彼女たちを更に好きになった。

しかしそれはゲームの主要キャラだけでは無い。毬乃さんはゲームではほとんど姿は見せないし、姉さんも伊織に特殊な魔法を授ける以外はほぼ空気だった。

でも、俺は毬乃さんも姉さんも好きだ。

冗談がたまにキツいが、本当に俺の事を心配してくれている毬乃さん。無口だけどとても優しくて弟思いで、なぜかいつの間にか布団に入り込んでる姉さん。

カトリナもオレンジもそして伊織も、話してみれば楽しくて、やっぱり皆好きだった。

もし彼らがピンチだったら、俺は助けにいきたい。

ななみだってそうなのだ。

まだ付き合いは浅いかもしれない。出会ってまだ少ししか経過していないけれど、俺は既にななみが気に入っている。

「最初はなんだこのテンションの女は？　だなんて思ったさ。でもさ、家やダンジョンでくだらない話をして、一緒に冒険をしながら話して、楽しかったんだ」

そう、楽しかったのだ。

「ななみがどう思っているかは分からないけれど、今はそのアホみたいな掛け合いが、すごく好きなんだ。ななみはいやだったろうか。契約上仕方なかったから俺に付き合ってるだけだろうか」

「それは………いやではございません。私達はダンジョンで働きダンジョンで死ぬ。それだけのメイドナイトだと思っていたので」

そう言ってまた彼女はうつむく。

ふと、思う。彼女はダンジョンに縛られているのではないかと。無意識にダンジョンと自分をつないでいるのではないかと。しかし本当に彼女はダンジョンに縛られているのだろうか。

常識とは十八歳までに身につけた偏見のコレクションだなんて言った人が居る。ななみ

は単純に偏見が常識になっているのではないか。ダンジョンメイドにとらわれているのではないか、そう思ってしまう。

「ななみ、イエスかノーで答えて欲しい。お前はダンジョンに必ずいなければならないのか？」

「そういうわけではございませんが」

「ダンジョンの外で暮らすメイドはいるのか？」

「……いるとは思います」

そうか、なら。思った事を言ってしまおう。

「俺はさ、ずっと思っていた事がある。人生ってのはさ、ルールはあるけれど、案外なんでも出来るんだって」

小さく息を吐き、話を続ける。

「好きなところに行ける、好きな遊びが出来る、好きな食べ物が食べられる……てか俺はそれを見つけて実行するのが人生だとすら思ってる。案外何やっても良いんだよ。それでどうやって豊かに、楽しく過ごせるのかを探すんだ」

一度深呼吸して話を続ける。

「喩えが悪いかもしれんが、美少女が口をつけたワンコインで買える水を、百倍の値段で売って金を稼げば儲かりそうじゃないか？　楽して金を稼げるぜ」

「……それは、本当に喩えが悪いですね」

「俺もそう思う……まあ、それは良い。でもそれ売れそうだろう？　稼げそうだろう？」

「まあ、倫理的な事を考えなければ」

「やり方次第なんだよ。荷物が一人で持てないなら皆を呼べば良い。もしくは機械や魔法で持てば良い。強い敵が現れたら別に正々堂々戦わなくてもいい。皆で遠方からアイテム使ってハメ倒したっていい」

要は。

「自分が変な考えにとらわれているだけで、この世界は自由なんだよ。もしさ、お前が俺と一緒に居ることが苦痛だったり足かせになっているなら、契約を破棄してくれ。そして」

そう。そして、だ。


「自由になれ」


瞬間的にななみが顔を上げる。

「なんで俺が最強になりたいかってさっき言ったよな。皆を守りたいから……そう、皆に笑っていて欲しいからだ。リュディも先輩も姉さんも毬乃さんもクラリスさんも」

モニカ会長もステフ聖女も紫苑(しおん)さんだって、ヒロインではないけれどベニート卿(きょう)やオレ

ンジや伊織、皆に笑っていて貰いたい。結局の所そういうことなのだ。

「そして、ななみにも笑っていて貰いたい。そう、貰いたいんだ」

そうだ。そうなのだ。

「今思えばななみが俺のそばに居てくれることが当然だと思っていたよ、でもそれは俺のエゴみたいなものだよな」

そうだ、一緒に居たいと思うことはエゴだ。俺はななみへのお金とか休みとかを尊重しただけで、ほぼ押しつけみたいな物なのだろう。

「天使の契約ってあったよな。もしそれがお前を縛って不幸にしているのなら、その契約を今すぐ破棄してくれ。もしななみがここに居ることがツライと思うなら契約なんか要らない。単純に自由にしていて欲しい」

そう、幸せになって欲しい。

「どこか別の場所で誰かと生活しても良い。一人で生活したってもちろん良い。もしメイドを続けるなら俺以外の誰かの所に行っても良い。独立するまで援助する。個人的にだが、その……あまり給料を出せるかは分からないけれど、そばに居て欲しいっちゃ欲しいんだけど」

一緒に居て楽しいから、だから居て欲しい。それは心の底からの思いだ。

「いや俺はさ、ななみと一緒に居る時間がな、重要で……ダンジョンでもすごく頼りにな

るし……最強になるためにはななみの力を借りたいというか、いやそれを強要したくなくて……」

「ふふっふふふふふっ」

俺がどう言えば良いかを考えて問答していると、ななみが笑う声が聞こえた。口に手を当て、本当におかしそうに笑っていた。先ほどの悲しそうな表情は消え失せている。

「ご主人様はお馬鹿でしょうか」

「……馬鹿ではないと思うんだがな」

「私はご主人様の大きな大きな欠点が分かりました」

「欠点？」

「ええ、ご主人様の強さの源であり大きな欠点です」

そして目尻を下げ、優しく笑う。ななみが笑うことはあった。でも今までこんな笑い方をしたことがあっただろうか。いたずらをした小動物を叱るんだけど、笑いながら、本当はあまり怒っていないような呆れたようで、見守っていて包みこんでくれるような、慈愛に満ちた笑みを。

ああ、ななみは……こんな表情もするのか。

「それはもう塞ぎようのない大きな穴です、ガバガバですね。どうすればここまでガバガバに出来るのでしょうか」

「……そんな穴あるか？」

「ありますよ、それはもう大きな穴です。ご主人様の夢を諦めざるを得ないであろう大きな穴です。でもお任せ下さい」

ななみがその場でお辞儀をする。

「私がそれをお塞ぎしましょう。私が支えましょう……ああ、そういえば先ほど契約破棄だなんて仰っていましたね？」

俺の顔を見て笑顔で首を振る。

「絶対にしません」

絶対にって……。

「ええ、絶対に、何を言われたとしても破棄することはあり得ないでしょう。知っていますか？　ななみは一度装備したら外れないんですよ。外そうと思っても外させません」

そう言われるのが、なんだか嬉しかった。そして思わず笑ってしまった。

「知らねえよ。それに、外せないとか呪われた装備かよ」

「何を仰ってるんですか？　私は天使ですよ？　祝福されているに決まっているではありませんか」

「たしかに……！」

「ふふん」

勝ち誇った笑みのななみを見て思わず笑う。そしてななみも声を出して笑った。


「ボス部屋ですね」

「ボス部屋だな」

あれからさほど歩いたわけではない。しかしフロア自体がそれほど広いわけではなかったのだろう、ボス部屋へはすぐ到着した。

「ご主人様、私は思うのです」

「なんだ？」

「ここに現れるボスは強いでしょう、それに対抗するには力と気力が重要となってきます」

まあ、確かにそうだろう。なにも間違ったことは言っていないと思う。

「ここで一つ私に気合いを入れることが重要かと存じます」

「まあ、入れられるなら入れたいがどうするんだ？」

「簡単です。私の必要性を説くべきです」

「ゑ？」

「ほら先ほど言っていたではありませんか。ななみ大しゅきそばに居てくれないと僕死んじゃうと」

「記憶の改ざんでもしてるのかな？」

確かに似たようなことを言ったことは否定しないが……でもなんかさっきは雰囲気があったから普通に言えただけで、なんだかこの場で言うのは少し恥ずかしいというか。

「言ってくれないとぉ、ななみっ、力が出ない」

「お前どっからその声出した」

仕方ないな。でもななみがやる気を出してくれるなら。その、なんだ。さっきはその、雰囲気があったからさらっと言えたんだけどな。

「……お、俺はななみを信頼している。ずっとそばに居て欲しい」

ああ、言ってしまいましたね、となななみはしかめっ面だった。

とせっかく言ったのに、ななみはしかめっ面をしかめる。

「ご主人様……ご存じですか？　それはイケメンにしか許されないセリフなんですよ？」

「おいおいおいおい、お前が言えって言ったんじゃないか。それにその言い方だと俺がイケメンじゃないみたいじゃないか」

「ご主人様はご自身がイケメンだと思ってなさそうですが」

自分がイケメンかどうかだなんて聞かれても、そりゃあ。

「まあ、確かにイケメンだとは思ってないな」

「あいにく、ななみには今現在超絶イケメンにお映りしているのでセーフですね」

そう言ってにやりとななみは笑った。

「自分の事美少女とか言ってる奴がなんか言ってるぜ」

「ふふふ、ふふふふふふ」

「ははは、はははははは」

なんだか負ける気はしなかった。

「行こうか、ななみ。勝つぞ」

「行きましょう、ご主人様」


ダンジョンのボスと言えばそのダンジョンの中で一番強いキャラを配置するのが定石だ。リュディの閉じ込められた『諸行無常の御館』でも、初心者ダンジョンでも同じだ。一部そうではないダンジョンもあるが。

例えばエクストラフロア。エクストラフロアではエクストラボスがいると、大抵そこに強者を配置することが多い。

例に漏れずここに現れたのは、いかにも一番強そうなモンスターだった。

全長は成人男性より少し大きいぐらいだろうか。しかしその体には白い毛に黒い縞模様があり、その顔は虎の顔だった。

「なーんかさっきすごく似たのを見た覚えがあるんだよなぁ……」

前方にいるホワイトワータイガーはワータイガーの上位種である。顔や体の見た目はあまり変わらないが、体の色と能力はまったく違う。

そのホワイトワータイガーは俺たちを睨（にら）むと、体中から魔力があふれ出す。そしてゆっくりゆっくりと体が大きくなっていく。

「すげえな……」

人間ぐらいだったその身長は、気がつけば三メートルを超えていた。腕は俺の胴ぐらいに太く、こちらにかかるプレッシャーは先ほどのワータイガーと比べてはいけないほどだ。

多分格上との戦いだとは思う。しかし。

「かかしが大きくなりましたね。図体（ずうたい）が大きければ良いという問題ではないのですが、理解しているのでしょうか」

なんだか普段通りのななみを見ていると、格上に挑むという気分には一切ならなかった。

「なんか室内で頭ぶつけそうだよなぁ」

「そうですね……。そういえばもうすぐ夕食のお時間ではございますが、何になさいますか？　オススメは虎肉ですね」

ホワイトワータイガーの腕肉をじっと見つめ頷（うなず）く。

「硬そうだけれど、美味（おい）しそうだよなぁ」

「虎の丸焼き、ご主人様とななみ添え。今日のメインディッシュですね」

「それ俺らまで調理されてるからなっ！」

「ご主人様と一緒に調理されるなら本望です」

普通に考えて苦戦必至なモンスターを前に、普段通りというか、普段以上にリラックスした状態で挑む事が出来そうだった。

俺たちのくだらない会話が聞こえたのか、ホワイトワータイガーはこちらに向かって歩き出す。図体は非常に大きいものの足音はしなかった。毛で分からないが、足には肉球でもついているのだろうか？

「ななみ、来るぞ」

俺はななみを守る為に前に出ると、ななみも弓を引き絞る。

その矢が放たれた瞬間、戦闘は始まった。


その場を飛び退き駆け出すホワイトワータイガー。ワータイガーと同じく、その動きは素早い。いや普通のワータイガーよりも速いというべきか。

第二射を放つ前にホワイトワータイガーは俺の前に来ていた。先ほどのワータイガーとは比べものにならないくらいの速さで、それも倍くらい大きな腕が振り下ろされる。

「なかなか良いのが来たぜ」

しっかり足を地面につけ、踏ん張っていたのが良かった。もし踏ん張りがなかったら尻

餅をついていたかもしれない。

俺の横からななみの矢がホワイトワータイガーに飛んでいく。攻撃の隙を狙ったのだろう。しかしホワイトワータイガーは既にこの場から飛び去り、東へ位置を変えていた。

「まー速いこと速いこと」

普通のワータイガーの全能力を一段向上させたような感じだろうか？

ホワイトワータイガーはすぐさま飛びかかってくる。それに合わせ第三の手で殴りかかった。

その力は無情のオーガと同等だろうか。

だからこそ、余裕はあった。

リュディを助けてから今までの期間、何もしてないわけではない。あれから毎日毎日、繰り返し繰り返し修行して力を蓄えた。

この程度なら負けるつもりはないし、この場には守りたい人が居る。

刀に手を当て、鞘に魔力を溜める。するとどうしたことだろうか、ホワイトワータイガーはすぐさま飛びのき距離を取ると警戒した様子で俺を見ていた。

「危機察知の能力も一流か」

しかし引いたのは悪手でもあると俺は思う。

ななみの矢がホワイトワータイガーに向かって一直線に飛んでいた。

「かわいそうになってきますね、近づけばご主人様に斬られ、離れれば私に射られる。私に射られる事を選びましたので私の勝ちですね、ご主人様」

いったいなんの勝敗なんだかさっぱり分からないけれど、まあいいや。楽しそうだから乗ろうではないか。

「勝ち誇ってられるのも今のうちだぜ」

俺もただ見てるだけの予定はなかった。避けるホワイトワータイガーに駆け出すと着地したホワイトワータイガーを第三の手で叩きつける。しかし単調な攻撃だからこそ両腕で防御されたものの、それは予定通りである。間髪容れずに鞘に込めた魔力を解放し、刀を抜いた。

一閃。しかしその刃はかすする程度だった。よっぽどホワイトワータイガーは抜刀術を警戒しているのだろう。すぐさま飛びすさった。しかし体に一筋の線が入り、そこからじわりと血が滲んでいく。ホワイトワータイガーはなんとかここから脱したと思っただろう。しかし攻撃は終わっていなかった。

そして今度はななみの矢の雨がホワイトワータイガーに降り注ぐ。一本、二本、三本と体に矢が突き刺さっていく。

再度ホワイトワータイガーは逃げるようにその場を飛びすさった。そして綺麗に着地すると、こちらを睨んだまま体中の魔力を活性化していく。

「これで終わればいいんだけどなぁ」

だとすれば楽でいいのだが、残念なことにワータイガーの上位種はこの程度では終わらない。見れば更に体が大きく、そして今度は体の形もより虎へと変化していく。

完全獣化。

それはワータイガーやワーウルフ等の上位種が持つ能力で、人間の体の部分がすべて獣に変化するスキルである。

これにより本能的な行動が多くなるが、全能力が向上するという厄介なスキルだった。

「くっ、私も変身能力を使わざるを得ませんね……！」

「いやないだろ」

軽口を叩きながら、矢を放ち続けるななみ。もしこれがテレビアニメだったらひんしゅくを買っていたかもしれない。変身中を狙って全力で攻撃なんか、卑怯にもほどがある。

しかし現実だからこそ、こんなチャンス無駄に出来なかった。攻撃し続けるななみを見て、俺も体中の魔力を活性化させ走り出す。

しかしホワイトワータイガーはどんどん変化していく。踏みしめる両手足。膨張する魔力。体に風をまとい悠然と地面に立つその巨体。

「ヴオオォォォォォオ………………」

その圧力は生半可ではない。

どうやら普通の弓攻撃はあまり効果がないらしい。それはまとう風、そして伸びた毛と筋肉のせいだろう。

先ほどは刺さっていた矢は体に弾かれ地面に落ちていく。それを見たななみは『エクスプロードアロー』に技を切り替えたようだった。

その赤く発光した矢は、避けるつもりの無さそうなホワイトワータイガーに直撃すると、その場で爆発した。

インパクトアローの上位技であるエクスプロードアローは着弾点を爆発させる弓の攻撃技である。しかし現在のななみはまだ覚え立てであり訓練不足である。魔力の効率は悪くすぐにガス欠となるだろう。すぐ戦闘が終わるならば俺の有り余る魔力と魔力贈与との相性が非常に良いが、あいにくすぐ倒れてはくれないのではなかろうか。

さあ、どうやら普通の矢からエクスプロードアローに変えた効果はあったらしい。ホワイトワータイガーの体が一瞬ぐらりと揺れる。

たとえ鋭い矢を弾く毛や筋肉だとしても、その爆発の勢いは止められない。ホワイトワータイガーは顔をしかめていた。一応効いていたようだが、果たしてダメージはどれくらい入っただろうか。

煙が晴れる前に、今度は俺がホワイトワータイガーに攻撃をする。第三の手、第四の手と交互に攻撃を入れていく。そして機を見て太刀を抜こうと魔力を爆発させようとしたと

き、ホワイトワータイガーが大きく飛び退いた。

「オオオオオオォォォオ……」

どうやら危機察知能力は健在らしい。うなるような声を聞きながら、変身しきったホワイトワータイガーを見ながら、ストールに込める魔力を強める。

さあ、第二形態だ。

ホワイトワータイガーが口を大きく開けると同時に、まとっていた風が刃となってこちらへ飛んでくる。すぐさまななみの前方と俺の前にストールを展開し、その風の刃を防ぐ。

しかし攻撃はそれで終わりではない。既に追撃は来ていた。

目の前で振り下ろされる腕。瞬間的にオーガとの戦闘を思い出し、俺は受け止めるのを止めた。そしてそらすことを意識しながらストールを広げる。

それは正解だったといえよう。そらしているはずなのに掛かる圧倒的な力、石の地面を抉（えぐ）るほどの攻撃力。そしてすぐに来る追撃。

「おいおい、連続攻撃とか卑怯だろ………」

今度は口を大きく開くと、したたるよだれがまとう風によって飛び散る。それは非常に獣臭かった。でもそれを意識して回避することは出来なかった。もうただただ防御するだけで精一杯だった。

「ご主人様！」

「大丈夫だっ」

そうは言うものの、やはり劣勢は変わらない。

いつの間にかまたまとい始めた風の刃が俺を襲い、右手が左手が、その強靱な顎が幾度となく襲ってくる。

なんとか隙を見て抜刀するも、それは簡単に避けられる。多分だが、魔力の動きに敏感になっているのだろう。

しかしそれから分かることがある。それは抜刀術はホワイトワータイガーですら逃げなければならないと思うほど危険な攻撃であることだ。

「ななみっ」

「お任せ下さい、ご主人様っ」

ちらりとななみを見るとななみは頷いて矢を放つ。

なんでだろう、しっかり言葉を伝えたわけではない。しかし、なんとなくなんだが、俺のしたいことがななみにしっかり伝わっていて、その目的のために攻撃をしてくれているような、そんな気がした。

俺との戦いは危険だと判断したのだろうか。ホワイトワータイガーは横っ飛びするとななみへ向かって走り出そうとする。しかし。

「それだけは、絶対にさせない」

もちろんさせるつもりはなかった。その横っ腹に向かって刀を抜く。後退するホワイトワータイガーに第三第四の手で殴りかかり、刀で斬りつける。

抜刀術ではない単純な斬りに関しては、ホワイトワータイガーもそれほど警戒した様子はなかった。多分あまり効果はないのだろう。

そして俺を無視してななみの方へ走り出そうとする。

「ななみっ」

声をかけるだけで良かった。ななみはどうやら俺の背後に回るように動いてくれるおかげで、あまり大きな移動をしなくて済んでいた。

俺が大きく移動したわけではないが、再度ななみの前に立ち塞がった俺に、ホワイトワータイガーが嚙みついてくる。

迫りくる真っ白い歯と、飛び散るよだれを見ながら不思議な気分を味わっていた。

ホワイトワータイガーの攻撃がスローモーションのようになっている。歯から伝うよだれが一本の線になっていて、その臭くて汚そうな滴がこちらに飛んできているのがよく見えた。その鋭い牙が俺の腹を狙っているのがよく分かった。

ふとオーガとの戦いを思い出していた。

リュディの時もそうだった。戦闘中に起こるこの現象はなんだろう。決して先輩やクラリスさんとの模擬戦では起こらない、強敵との戦闘中に起こるこの現象はなんだろう。

『火事場の馬鹿力』スキルだろうか。瀧音は確か入手出来たはずだ。

それにしたらおかしい。『火事場の馬鹿力』は俺がダメージを受けなければ発動はしないはずだ。なら能力はなんだ、トリガーはなんなのだろうか。もしかして他人がピンチになったときに発動するスキルか？　そんな物聞いたことがない。

でもそれがあるのだとしたら、それはなんて素敵なスキルなのだろうか。好きで好きでどうしても守りたい人達の為に振るえる力だなんて、なんて素敵な力なのだろうか。

ホワイトワータイガーの攻撃はもう恐くなかった。その口に向かって第三の手を突っ込むとその横っ面をぶん殴った。

そして逃げようとしたホワイトワータイガーの腹に、ななみの矢が直撃する。

響く爆音、エクスプロードアローによって硬直する体。吹き飛べば良かったのだがホワイトワータイガーは耐えてしまった。強化された体は吹き飛ぶ事はなかった。ただ俺のそばで無防備な姿をさらしただけだ。

そして俺はずっとこのタイミングを待っていた。

抜刀術──瞬──

鞘に溜められた魔力が爆発し、抜かれた刃は光となる。

瞬きする間にそれはもう過ぎ去った。

刀を鞘にしまうと、ホワイトワータイガーの体がずれる。俺は背を向けこちらへ駆けて

くるななみへと歩き出す。そして飛びついてきたななみを抱きとめ、勢いを殺すためその場でグルグルと回った。ひとしきり回るとななみは足をつけ普段の表情で俺を見る。

「ま、ご主人様と私(わたくし)に掛かればこんな物ですね」

さも当然とばかりにそう言った。

七章　エロゲには必ずあるもの

ボスを撃破し、たどり着いた場所を見て、俺はいやな予感が拭（ぬぐ）えなかった。

よくよく考えてみれば、そうだよな。

だってさ、ここはエロゲ世界だ。それもマジカル★エクスプローラーの世界だぞ？

以前ボス戦の後に何があったか思い出してみろ。俺たち紳士淑女（エロゲプレイヤー）が何を求めているか考えてみろ。当然だよな。

進んだ先にあったのは、嬉しいことにか残念なことにか、どこぞのダンジョンで見たエ炉にそっくりな場所である。工炉（こうろ）ではないエ炉（エロ）である。

そしてエ炉の前に転移魔法陣らしき物があり、魔力が通っていないというのもまたいやな予感に一役買っている。

俺は他の物に目もくれず、すぐさま転移魔法陣らしきものへ直行する。しかし触れても魔力を送っても、うんともすんとも言わなかった。

なんだこれ。似たようなことしたよな？　既視感しかないんだけど。馬鹿じゃねえの？

「ご主人様、こちらに宝箱がございます」

ああ、もういやな予感が確信に変わっている。マジエク世界、工炉、宝箱。トリプル役満だ。しかしどうにも出来ない。ななみの隣へ行くと宝箱に手をかける。

「くそぉ開けたくない……開けたくない……俺は開けたくないぞっななみぃ」

ななみは俺の様子を見て何やら不思議がっている。当然かもしれない。本来宝箱とは罠などがなければ喜ぶべき物である。

そういえばこれもある意味ご褒美か。それもボス戦後の宝箱は大抵ご褒美である。

ああ、開けたくないが開けざるを得ない。エロゲプレイヤーならな、クソがっ。

転移魔法陣が機能していない以上、俺たちは進むことが出来ないのだ。

「あ、開けるか」

俺は深呼吸して宝箱の蓋をゆっくり持ち上げる。いかん、緊張のためか手が震えている。落ち着け落ち着いてゆっくり開くんだ……。

開けて真っ先に見えたのは黒くて細長い物だった。

うん、アレはファンタジーでも現実でもエロゲでも見たことがある物だ。ファンタジーではよく敵を攻撃するときに使っているな、現実やエロゲでもそうだ。ただファンタジーでは主にモンスターに、現実とエロゲでは主に人に使うアイテムだ。ああ、現実では馬にも使うか。宝箱をそっと閉じる。

「なんで鞭が入ってるんですかね………！」

いや、これがただの宝箱なら分かるんだ。お、ここに入っているのは武器の鞭かぁって
なるだけだ。しかし。ここはエ炉である。

意味が分からない。鞭だよ、鞭かぁ。鞭って何？　俺無知だからなぁ（現実逃避）。

ななみが宝箱を開ける。そして何種類かあった鞭を箱から出すと、その下に入っていた
紙を手に取った。

取り出された紙に書かれていたのは古代語だった。ななみはもちろん読めるであろう。

ただし、なんで読み進めれば読み進めるほど、しかめっ面になっていくんですかね？

いや理由は分かるんだけども。

そして急に紙を投げ捨てたかと思いきや慌てて箱に手を伸ばした。取り出したのは黒い
レオタード、そして悪魔のような羽だった。デザインイメージは多分サキュバスかな？

うん。それだけで色々察した。

「ご主人様」

震えるななみの声が聞こえる。

「ご主人様の種族は人間、リュディ様の種族はエルフですよね。では私の種族はご存じ

ですか？」

「て、天使かなぁ？」

「大正解です、ご主人様。ではこれはなんですか？」

「なっ、なかなか刺激的な……悪魔服かなあ？」

「これまた大正解でございます。さすがですね、ご主人様。それでですね、あの紙に書いてあることが本当であれば、これを着なければいけないらしいです」

そうだろうなぁ。紙に何が書かれていたかは不明だ。しかし工炉の前に宝箱があってエチエチな服が置いてあったならば、それは当然である。

「もしかして天使としてまずい、とか？」

「いえ、服を着るだけでしたら問題はございません。ですが見た目が堕天してしまうのですよ、理解できますか、なんでしょうかこれは？　嘘だと仰（おっしゃ）ってください」

「残念ながら現実なんだろうな、ちなみに他には何が書かれていたんだ？」

「この衣装を着た上で、鞭でオブジェクトを叩（たた）くことによって炉から転移魔法陣に魔力が送られる仕組みのようです」

「そ、そうか」

この仕組みを考えたのは発想の化け物だよ。エチエチ悪魔のコスプレしてオブジェクトを鞭で叩くことによって特殊魔力を溜（た）めるって通常の思考じゃ考えられないよ。馬鹿じゃ

ないの？

　辺りを見れば、確かに二つのオブジェクトが並んで立っている。その下には魔法陣が二つあるのを見るに、その場に立って鞭を振るうのだろう。

　しかし、衣装を着て鞭を振るって魔力を溜める、か。

　一般エロゲの世界だったらここで終わりだと思う。しかし本当にこれで終わりなのか？

一般のエロゲでは至れない、更に一つ上のぶっ飛んだ設定を突っ込んでくるマジカル★エクスプローラーだ。本当にこれで終わりだとは思えない。

「ご主人様大変でございます！」

　宝箱をあさっていたななみがこちらを見て叫ぶ。ほら、ナニかがあったみたいだ。

　でも、なんで少し嬉しそうなんですかね？

「宝箱の底に男性用の衣装がっ！」

　うそだうそだうそだうそだうそだ。

　まてまてまてまて、頭がおかしいとしか思えない。

　そもそも、そもそもだ。エロゲやギャルゲという物に求められている物は何か？

　美少女である。美少女のかわいらしいシーンや格好いいシーン、そしてエッッッなシー

ンである。エロゲをプレイしておきながら「エロシーンとか要らないし」とか言う奴の何割かは、こっそりエロシーンがあって良いと思っているはずだ！　こんのむっつりスケベ野郎っ！　なんせ俺がそうだったしな。あるかないかだったらやっぱりあって欲しかったに決まってんだろ、ボケッ！

そう、エロゲプレイヤーの大半は求めているのだ。だからこそ開発者側は力を入れざるを得ないのだ。

しかしだ。どう考えても男にコスプレさせるだなんて、ユーザーは求めてないよなぁあぁぁぁあああ！

「ああ、私(わたくし)だけ犠牲になればと思っておりましたが、誠に残念です。これはご主人様も着ざるを得ないですね……♪」

ななみが手にしていた服を受け取る。確かに男性用だ。

「まてまて、これ着てどうしろって言うんだよ！」

今度はななみは鞭を差し出してくる。ああもう、分かってはいるんだよぉおお！

「根本的にだが頭おかしいんじゃねぇの、なんでこんなの着て鞭で叩くことで転移魔法陣の魔力が溜まっていくんだよ？」

そういえば以前開発者がインタビューで答えてたな、『とてつもなく面白い設定があったんですけど、ユーザーが求めてないだろうからボツになりました』と。もしかしてこれ

か、このダンジョンか!?　そりゃぁぁボツになるわ、俺がディレクターなら速攻破り捨てるわ。誰がこんなシーン必要としてるんだよ!?

唯一の救いはななみに比べて露出が少ないことだろうか。まあ、だからなんだと言うべきだが。

「くそっ」

悪態をつきながら服を投げると、鞭を手に取る。

「これ壊れてるんじゃねーの」

魔法陣の上に立ち、オブジェクトを乗馬用の鞭で叩く。しかし何も起こらなかった。

ああ、理解してるさ。実は壊れてないんだよなぁ。この世界の設定自体がイっちゃってるだけなんだよなぁ！

「くっそぉぉぉおおおおお」

こうなったらななみ一人にやらせれば良いだろうか？　いや、出来るわけがない。俺もやれるのに彼女だけに貧乏くじを引かせられない。

そう考えれば、着替えるしかなかった。

「ななみ……堕天しちゃった★」

「お前結構文句言ってた割にはあんまりショック受けてないよね？」

俺はななみほど露出した装備では無いものの、なんだか中二病を煩ったみたいで悲しくなってきたというのに。

「はあ、どこを見ていらっしゃるんですか、こんなにも悲しんでいるというのに」

しれっとした表情で俺の言葉を無視すると、彼女は小さくため息をつく。そしてこちらを見ながらかがんだり、腰から伸びてる羽をつまんでお辞儀（カーテシー）したり、腕で胸を持ちあげたり、背を向けて振り返ったりなど、ポーズを取り始めた。

「堕天使ななみ……爆誕」

「むしろノリノリだよな？　何で見せつけるようなポーズ取ってるの？」

腋（わき）を見せつけるヤツと座ってタイツあげるヤツ、俺にクリティカルヒットだから是非もう一度やって欲しい。

「ほらご主人様も早くいらっしゃって下さい」

「え、俺もやるの」

「腕はこう、私（わたくし）を支えるように、足はもう少し開いて右へ。そしてこちらへ移動して最後はここで勝利の決めポーズです」

「マジでやるのかよ……」

「私（わたくし）のテンションが変わってきます。ストライキを起こすかもしれません。ストライキ

ですよストライキ。ショーツにありがちなストライプではありません。さ、いきます」

「ノリノリと言うか、ヤケクソだよな？　言ってる事おかしいぞ」

「堕天使ななみ……爆誕★」

「爆誕★……って思わずやっちまったぜ、てか色々ツッコミ所が多すぎるんだけど」

「ふふふ、私はまあ当然として、お似合いでございますよ、ご主人様」

何で上から目線なのか、コレガワカラナイ。

「……ありがとう、でもなんだかスースーして気持ち悪いんだよなぁ」

「かなり防御力がある装備だと思いますが」

「防御力あっても、これじゃなぁ…………」

一応防御力はそれなりにあるらしい。しかし見た目の問題で常用は難しいだろう。

「じゃあさっさとここを脱出してしまおうぜ」

「そうですね。ではご主人様、鞭が三種類ございますが、どうされますか？」

「まさかこんなところでどの鞭を使うかで悩むなんて思ってもいなかったぜ」

目の前にあるのは三種の鞭。

先がいくつもの紐に分かれているバラ鞭、ＲＰＧや漫画などで使われていそうな鞭らしい鞭の一本鞭、馬の硬い皮膚にもダメージを伝えるために痛みが強いという乗馬鞭。

「単純に物体を叩くならば乗馬鞭が使いやすそうだよな」

と、乗馬鞭を手に取り素振りをしてみる。

ひゅ、ひゅ、ひゅ。

「くっ、まさかっ、そんなっ」

「素振りに合わせて変なポーズと声出すの止めてくれませんかね？」

「失礼致しました。では私（わたくし）はシンプルにこの鞭でいきましょう」

そう言ってななみは一本鞭を手に取った。鞭を手に持ち、シパーン、シパーンと地面を叩くななみ。そういえば彼女はほとんどの武器に適性があり、鞭も得意なんだよなぁ。

「ふっふっふ」

「なんで笑ってるんですかね？」

うっすら笑いながら悪魔服で鞭を振るうとか、正直似合いすぎている。

「では行きましょうご主人様」

「ああ、やろうか」

俺たちは所定の位置につくと、ななみは地面にあった魔法陣に魔力を通す。するとななみの前にディスプレイのような物が表示される。そして今度は俺の足下の魔法陣が光り出し、ディスプレイが表示された。

そのディスプレイに表示された古代文字は分からなかったが、絵でどうすれば良いのかが察せられる。

多分画面下部に引かれた線に、上から降りてくる鞭マークが重なった瞬間にこのオブジェクトを鞭で叩けば良いらしい。

音ゲーかな？

ななみを見ると、彼女は察したようですぐに書いてあることを教えてくれる。

「線と鞭マークが重なった瞬間に叩くと魔力が溜まりやすいそうです。あまりにずれると魔力が少し減ってしまうとか」

音ゲーだな。鞭の達人でも目指すのかな？　もしくはむっちんミュージックとか？　なんだこのエロそうなタイトルは……！

俺は頷くと、とりあえず目の前にあったオブジェクトを鞭で叩く。なーんでこのオブジェクトって人を連想させるような形をしてるんでしょうかね。

『テロリン』

不思議な音が辺りに響き俺とななみの視線が交差する。

「どうやら注意事項のようです……は？」

「……どうしたななみ」

首を振って目をこすり、もう一度画面を見つめフリーズするななみ。

いやな予感しかしない。

「い、いえ、申し訳ございません。なんだか幻覚を見ているようです」

「残念だが自分の着ている服と手に持っている物を見てみろ、幻覚じゃない、現実だ」

ここはエロゲの世界だからな。現実じゃないような現実がここにはある。あっちゃうんだよなあ。

ななみは躊躇い戸惑いながらも、ゆっくり口を開く。

「ええと、三回ミスをすると……エッチな気分になるローションが射出されるそうです」

言葉を咀嚼するのに時間が必要だった。

「はぁぁぁあああああ!? 馬鹿なの？ 馬鹿だよね？ 馬鹿だと言ってくれぇ！」

常人の理解の範疇超えてるよ!? エロゲかよ?! ここはエロゲ世界だよぉぉぉ!!

「ご、ご安心くださいご主人様。なんと美容効果があるらしく、浴びるとはりのあるつやつやお肌になりまして、長時間の保湿効果に美白効果が……」

「そんなの要らねぇよ！ エッチな気分になる時点で全く安心できねぇよ！」

「た、確かにそうですね」

いかん。以前と同じようなやりとりをしている気がする。立場と人が替わっているが。

落ち着け、落ち着くんだ……！

「すまん。何かしたわけではないのに、ななみに当たるような事を言ってしまって」

「いえ、お気持ちは察せられます。私は気にしておりません」

ななみが鞭でオブジェを叩くと、画面が切り替わる。

今度は鞭を持った女性とカメラのマークが浮かんでいる。そして例のごとく古代文字で説明のような物が書かれていた。

「それでなんだって？」

「……何でも失敗したときの様子を写真に収め、一生の思い出にしましょう、だそうです」

何それ、一生の思い出（黒歴史）を写真に収めてくれるだって？

「下級の陣刻魔石一つで一枚写真を得ることが出来るようですが」

「ここは遊園地かテーマパークかよ、記念に撮影とか何考えてんだよ⁉」

想像してみろ、悪魔のコスプレした男女が鞭で叩いているシーンの写真だぞ、黒歴史以外の何物でもないわ。更にローションがしたたった姿だぞ？　馬鹿じゃ…………。

…………ローションまみれの堕天使ななみ、か。

「……ご主人様？」

俺はカメラマークらしき物を見つめ、静止する。今、究極の選択を強いられているかもしれない。他の何物にも代えがたい、最高のお宝が、たった一つの下級陣刻魔石で入手出来るかもしれない。いくら金を積まれたって入手出来ない物が入手出来るかもしれない。

み、自らを追い込む事って必要だよな？　写真を撮られるならば何が何でも成功させなければならないという気分になるだろう？　でもまあ失敗する事もあるだろうし、それは仕方ないって事でなんとか。

「……」

ななみがものすごいジト目でこちらを見ている。当然である。気がつけば鞭を持つ手が汗でびっちょりしていた。

いや待って欲しい。なぜ俺はななみの意見を聞かずにこの選択をしようとしているんだ？　これは俺だけの問題ではない。俺とななみの問題なのだ。だからななみがほんの少しでもいいから、写真が欲しいと思えばワンチャン――。

「…………」

――ないですね。はぁい、すみませんでした。よくよく考えてみれば、俺もその被害を受けるのだ、やるべきではない。

「まったく……。仕方ありません、ご主人様のやる気が出るのであれば」

そう言ってななみはカメラマークを選択する。そして笑顔でこちらを見た。

「今回だけですよ？　ではご主人様、始めましょう」

なんだこの子、天使かな？　天使だった！

「もっともご主人様のことです。まさかわざとミスする、だなんてあり得ないでしょうし、どちらを選んでいても変わらなかったでしょうが」

今は堕天使だった！

このメイドっ、ニタニタ笑顔で釘刺しやがって、そう言われたらミスれないじゃない

か！　くっそ、分かっててわざとそう言いやがったな！

「では開始しましょう」

そう言ってななみは鞭でオブジェクトを叩くと、画面が切り替わる。アップテンポな音楽が流れ始め、線に向かって鞭のマークが降りてくる。

小手調べなのだろう、俺にもななみにも、ゆっくりと一つの鞭マークが降りてくる。

『テロリン』

二人ともタイミング良く当てることが出来たからだろう、画面に表示されている魔力メーターらしきものが少し伸びた。それから何度か鞭のマークが降りてくるも、ミスなく叩けていた。

「ご主人様大変申し訳ないのですが、先に申し上げておきます」

「ん？」

今のところミスはない。だからこそ、幸先が良いと思っていたのだが、申し訳ないだと？

「どうやら私の選んだ鞭は、罠だったようです」

「えっ？」

「私の選んだ鞭は罠だったようです。私が想像していた以上にこの鞭の難易度が高いようです」

『テロリン』

「な、ななみ？」

「どうやらこの鞭で、短時間の連打は不可能のようです」

ああ、なるほどな。その鞭って長さがあるもんなぁ。正直タイミング良く対象に当てるのだけでも難しそうだと思う。今でさえよく出来てると思うぜって。

「お————い!?　だ、だだだ大丈夫なのかよ!?」

「ローションってどんな匂いがするんでしょうね……？」

「なんでさわやかな笑顔なんだよ!?　諦めるなよぉ！」

しかし進めば進むほど無情にも難易度は上がっていく。ななみはあの鞭でよくやっていると思う。


それから俺が一回ななみが一回ミスをしたものの、もうすぐメーターが溜まるというところまで進めることは出来た。

そして二人でタイミング良くオブジェクトを叩くと青色だったメーターが虹色に輝く。

これは目標達成なのだろう。

長く険しい戦いだった。感無量である、と鞭を手ばなそうとしたがそれはできなかった。

「よしっっっ！　ってあれれぇ？」

「ご主人様、喜ぶのはまだ早いようです。音楽が、音楽が続いております！」

いや、おかしいおかしいおかしい。

「待て待て、なんでノルマ達成したのに音楽続いてるんだよ⁉」

「ご主人様落ち着いてください！　今まですべておかしかったんですよ。何があってもおかしくありません。ここでミスすればヌレヌレでございます」

「クッソ、曲が終わるまでが勝負って事か。これを考えた奴は馬鹿だなあ、もし生きてるなら一発ぶん殴らせろ」

せっかくここまで来たのだ。もうミスなどしない。それにもう結構な時間この鞭叩きをしている。一曲が数時間とかいうクラシック作品とかでない限り、もう終わっていいはずだ。

その予想は当たっていた。サビらしき部分が終わり、音楽がだんだん小さくなって来たのはすぐ後だった。

もうすぐ音が消える。鞭マークが降りてこなくなり、俺となななみは顔を見合わせる。

なななみはこれ以上ない笑顔だった。俺たちはやりきったのだ。この急に始まった音ゲーに勝利したのだ！　このクソゲーに勝利したのだ。

そして両腕を広げ抱きしめ合った。

「やったぞ！」

「やりました、ご主人様！」

見たか、制作者！　これが俺となななみの力だ。

そのときである。画面から一つ鞭マークが降りてきたのは。

「「あっ」」

俺となななみの声が重なる。

降りてくるそれを見てふと思い出す。音ゲーって音楽が終わる寸前に落ちてくることってあるよな。

『デデーン』

その音と同時に目の前に魔法陣が構築されていく。ディスプレイにはノルマ達成と表示されているっていうのに、無情にも魔法陣が構築されつつある。

ただ、こうなる可能性を考えてもいた。

もしこうなってしまったとき、俺がどうするかもすでに考えていた。いや、考えるまでもなく、俺の信念に基づけば、反射的にそうするだろうなぁとも思っていたことだ。

俺の前に立ちはだかろうとするなななみを第三の手で摑む。

「なななみ、ありがとう。お前は後ろにいろ」

「ご主人様!?」

浴びるのは俺一人だけで十分だ。なななみを投げ飛ばすと第四の手を広げる。しっかり前

にストールを展開すれば防御出来るかもしれない。一縷の望みかもしれない。しかしやらなければ分からない。だけどそれは甘い考えだった。

「ご主人様っ。上です！」

投げ飛ばしたななみが叫んだ。

その声と同時に視線を空へ。そこに浮かぶ魔法陣は既に完成していて、降り注いでいる最中だった。それを見て思わず笑ってしまった。

二段構えとか、マジでずるいよな。仕留める気、満々だよ。

覚悟を決め目をつぶり、その液体を浴びた。

それが何かと問われれば、よく夏に使う涼しくなるタイプの制汗剤のような物だろうか。初めは冷たかった。しかしそれはすぐに感じなくなる。体中がスースーし始めたかと思いきや、あふれんばかりの熱を放出し始めた。

「くっ」

おまけにヌルヌルしてると来た。まあローションだから当然と言えば当然か。

この場から離れようと数歩歩いたところでつるりと滑る。足下はローションでぬらぬらだった。体を守ろうと地面に手を伸ばす。しかし腕に衝撃は来ない。代わりに体に衝撃が来た。

「ば、馬鹿っこれじゃお前を守った意味がないだろうっ」

転ぶことはなかった。ななみが俺の体に抱きついていた。腕が腰に巻き付いていた。

「んっ…………ご主人様の苦しみは、私の苦しみ、です。はぁはぁ……んっ」

ななみの吐息がだんだんと熱くなっていく。そして俺の体中も熱くなっていく。

「な、ななみ」

そう言ってくれるのは、めちゃくちゃ嬉しい。本当に嬉しい。でもさ、なぁキツいんだよ。それでも俺は紳士でありたいし、ななみも信じてくれてるんだよな。

「今水魔法を使います。洗い流しましょう」

やっぱ耐えなきゃ駄目だよな。知ってるかななみ。この状況、生殺しって言うんだぜ。てかお前ちょっと笑ってるんだけど、わざとやってないよね？　なんか俺の耳もとですごい声出してるけど、わざとやってないよね？

ななみの水魔法で体を軽く洗い流し、着替えた俺たちは転移魔法陣に入る。

その転移魔法陣の先はダンジョンの入り口だった。

日が暮れる寸前なのだろう、石造りのダンジョンの入り口はあかね色に染まっていて、ボロボロの柱からは長い影が伸びていた。ふと横を見れば、オレンジ色の光を浴びながら、オレンジ色に染まった木々を見つめるななみがいた。風で目に掛かる銀髪を払い、小さく

息をつくななみがいた。彼女の視線の先を俺も見る。

なんだか不思議な気分だった。

つい先ほどまで死をも覚悟してダンジョン攻略をしたというのに、この平和な景色だ。

「すげえ大冒険だったな……。なあ、ななみ。今日の出来事をリュディ達に言ったら怒られるかな？」

「聞くまでもないことです。相当心配されるでしょうから、秘密にしておいた方がよろしいかと存じます。本当は申し上げた方が良いのでしょうが」

「やっぱそうかなぁ？」

「私がリュディ様達の立場でしたら確実に怒ります。鞭で叩いていることでしょう」

二人で顔を見合わせる。そして同時に笑った。

「鞭で叩いて脱出とか、絶対言えないな」

「ええ、二人だけの秘密ですね。私とご主人様だけの、大切な……大切な秘密です」

八章　そして、これから

考えてみれば当たり前の事である。

俺とななみがどんなやばい目に遭おうとも、花邑(はなむら)家は平穏そのもので普段と同じような時間が進んでいた。珍しく暇そうに紅茶を飲むクラリスさんにリュディのことを聞けば、部屋で勉強しているとか。

そりゃ学園入学後の最初の試験が近ければ勉強するだろう。サボるつもりだったから、試験を完全に失念していた。

まあこの学園は特殊で、ダンジョンさえクリアできれば進級も卒業もできる。だから最初からサボる者も中にはいるっちゃいる。

しかしリュディは普通に良識ある優等生である。と言うより普通の人は当然受けるか。

素振りとクラリスさんとの模擬戦を終え、シャワーを浴びながら今後の予定をまとめる。

リュディの部屋に行くのは避けたい。姉さんも試験が近いから、忙しそう？　だ。姉さんはたまに行動が読めないから、忙しくはないのかもしれないが。

ならば家に学園最高権力者がいることだし、先に色々根回しをしておくか。あの人はいつも忙しそうだし、今のうちに話しておこう。そうと決まれば早速行動だ。

体を洗い流すとすぐさま着替え、毬乃さんの部屋へ向かう。そこにいたのは毬乃さんとななみだった。

「ちょうど良かったわ」

ん？　と首をかしげると毬乃さんはこちらに紙を差し出してくる。俺はすぐに手を伸ばし受け取ると、ななみの座るソファーの隣に座る。

「ええと、なになに婚姻届ね……ん？」

「あら間違えたわ！」

「絶対間違わねえよな」

と、先ほどの紙を取られ、別の紙を渡される。

何でこんなところにあるんだよ。こんなの市役所でわざわざ貰ってくるとか、エロゲの特典で貰うとかじゃないと入手できないと思うのだが。てかあの婚姻届って、非常に本物っぽいから、他人に見られたら絶対誤解されるよな。

ていうかさっきの婚姻届に、姉さんの名前と俺の名前が……まぁ、気のせいだ。

「こっち、こっち」

「ええと入学届……ね」

ななみは俺の横で全員分用意してください、と言っていたが入学届ではないよな？

まあいい、俺は渡された入学届をざっと確認すると、書いてある名前の人物を見つめる。

毬乃さんに何か言っていた彼女は、俺の視線に気が付くと顔をこちらに向けた。

目が合うと、ななみは不意に頰に両手を当て、くねくねと動き出す。

「そんな、ココじゃ恥ずかしい……！」

「誤解を与えるような意味深発言はやめようか」

何も言ってないからな。彼女の妄想ではいったいナニをさせようとしたんですかね。

「大丈夫、見なかったことにしておくわ♪」

いや、その配慮は要らないから。しれっといつもの顔に戻っているななみに向き直る。

「それで……本題に戻して良いですか？」

「ええ、たった今決まった所なのよ」

「ようやくこの年増と会話しなくて良くなりますし、これで正式にご主人様と一緒に学園へ通えますね。もう、そんなに喜ばないでください」

なんで、ななみは毬乃さんに辛辣なんだ？　まあ後で聞いてみるか。それよりも。

「嬉しいか嬉しくないかで言えば、嬉しいんだけど、今の俺は立場が微妙なんだよな」

リュディの件や学園をサボりまくっている事もあって、学園内での立場が微妙だ。むしろ今後俺がやろうとしていることを考えると、増長させる可能性も否定できない。

「ちゃんと授業に出ないからぁ」

と、ジト目でこちらを見る毬乃さん。その通り過ぎて何も言えないが、今後もサボることが多くなると思う。特に最初の試験が終わるまでは。なにより。

「これから先を考えればこのままでいいかなと思っているし、でもそれにわざわざななみを巻き込むのも……。とはいえ、最終的にどう落ち着くかは予想が付かないんだよな」

「これから先ねぇ……三会かしら？」

毬乃さんの目が妖しく光る。鋭い指摘だ。全くもってその通りである。

「まあ、どうであろうと私がご主人様の側を離れることはございませんし、カトンボ共に何を言われようと、私は気にしませんし殲滅するだけです」

「殲滅してる時点でとても気にしてるよな」

「まあジョークは置いておきまして、私は一切気にいたしません」

彼女は何言っても付いてきそうなんだよな。だけど。

「まあ、ななみなら状況を楽しみそうな気もするし。いいか」

ご主人様はよく分かってらっしゃいますね、なんて話していると、毬乃さんがねえねえ、と声をかけてくる。

「コウちゃん。コウちゃん。よければ何をしようとしているか教えてくれない？」

ああ、それをするにあたって、万が一が起こらないよう『根回し』に来たのだった。

「むしろそれを話しにここへ来たんだった。やろうとしていることは簡単だよ」

まあ実際の所、強くなるためにやっているだけで、今から話すことは副産物である。でもインパクトが強いし、こちらを優先で話してみよう。どうせなら自慢げに。

俺は人差し指を立て、にやりと笑う。

「試験をサボって、学年一位をとろうかなって」


—ななみ視点—

ご主人様は学園で劣等生として見られているらしい。

突き刺さる視線がそれを如実に示している。詳しく聞いてみればその理由は単純明快で、普通に成績が悪いことがベースで、リュディ様と仲睦まじい事が原因だとか。

このことに関してリュディ様は本当に、本当に憤慨していた。リュディ様も何らかの行動を起こしたがっていたが、下手に手を出すとご主人様に被害が行く事を理解していたし、ご主人様が歯牙にもかけないしで大きな行動を起こしてはいなかった。

またご主人様を心配されているのはリュディ様だけではない。雪音様、はつみ様、クラリス様と、ご主人様は本当に様々な人から思われている。

「ご主人様。陰口を叩く事しかできない下等生物ですよ。視線が心地よいですね」

「それ、一般生徒には禁句だからな」

もちろん言うつもりは無いが「仕方ありませんね」とわざとらしく言うと、不安そうな目をしているご主人様を見て顔には出さないように笑う。

「ま、これで主要な場所の紹介は終わったかな」

「ありがとうございますご主人様。ただ私は一時たりともご主人様から離れたくはございませんので、行くときは一緒ですね」

と言って見せつけるようにご主人様の腕を抱きしめる。腕に自分の体をこすりつけ、匂いを嗅いでいると、視線が更に強くなったような気がした。

さて、周りの人々の激烈なバックアップのある前途洋々なご主人様ですが、気がかりがあるとすれば、あの女性でしょう。

何もないとは思う、しかし万が一ということがある。ご主人様なら、何かされても苦笑して「仕方ない」なんて、言うかもしれない。仕方なくなんてない。

ただ、話した限りでは敵ではないように見受けられる。私に「ご主人様の味方である」事や「不利益にならない」事を誓って貰った。そもそもだが、彼女がご主人様を好きなのは伝わっている。だからこそ安全ではあると思われた。

しかしその存在は一般人間とは隔絶していた。どうしてこんなところにいるのか。いやそもそもこの辺りがおかしい。似たような事例は私の知識にも無い。

いずれご主人様と一緒に話してくれるらしいが、それはまだ先。

しかし私(わたくし)はご主人様に万が一が無いようにしないといけない。だからこそ、私(わたくし)は注意していかなければならない。

ツクヨミ魔法学園学園長『花邑毬乃』を。

「さて、そろそろリュディと合流して帰ろうか。それにしても不思議だな」

その言葉に頷(うなず)く。私(わたくし)も気になっていた。だんだんとこちらへ向けられる視線が減っている。まるでそれ以上の何かを見つけたかのように。

服に付いているブローチやタイピンで判断すると、視線を外す彼、彼女らは二、三年生が中心だった。

「散れ散れ。邪魔じゃ、妾(わらわ)が通れぬ」

「紫苑(しおん)、止めなさい。貴女(あなた)はいつもそうやってあたりの空気を悪くする。いえ、式部会全員がそう」

ご主人様と一緒にそちらの様子を見てみると、そこに居たのは紫色の着物を着た女性と眼鏡をかけた女性だった。

「なんじゃ、はっきり言えば良いじゃろ。この辺りにたむろされては邪魔と」

「話せば分かる方々に喧嘩腰になる必要はないと言ってるの」

眼鏡をクイっと上げ睨(にら)み付けている。

「ななみ、どうしてなかなかと言うべきか、面白い人達が現れたぞ」

ご主人様はそう言って、楽しそうに笑った。

「彼女たちは俺が一つの目標としている、三会のメンバーだ。三会会長達の強さに至るだろう、強者達だ」

視線に気がついたのか、私たちへの注目を代わりに集めていた彼女たちがこちらを向いた。

「ほほっ、誰かと思えば雪音のお気に入りか。ずいぶんとまあ、面白いことになっているようじゃのう？」

「この子がそうなの……？　あの会長が気にしていた彼ね」

ご主人様は肩をすくめる。

「まさか、こんなところでお目にかかれるとは思いませんでした。式部会副会長職『式部大輔』の姫宮紫苑先輩、そして生徒会『副会長』のフランツィスカ・エッダ・フォン・グナイゼナウ先輩」

「ほ、知っておったか。まあ当然と言えば当然かの」

「私はともかく、紫苑も知っておられるのですね」

「ほう、フランよ、お主は喧嘩を売ってるのかえ？　妾は買うぞ」

生徒会と式部会は仲が悪いと聞いていたが、それは本当なのだろう。

「私の計算ではほぼ十割の確率で私が勝利するでしょう、時間の無駄です」

「ほ、言いよるわ。ん、なんじゃ、お主ら。いつまで見ておるのじゃ、散れ！」

姫宮紫苑の前に闇属性の魔法陣が浮かぶ。しかしそれをフランツィスカが手でかき消した。

さすがにここは危険だと思ったのだろう、野次馬はすぐに散り散りとなり、もうここには私たちしかいない。

「瀧音幸助君とええと、そちらの……？」

眼鏡の女性は私を見て恐る恐るといった様子で尋ねた。視線がメイド服に向かっているのを見るとメイド服が気になって仕方がないらしい。

「メイドの制服です」

えっ、ここは学園よね……と言いながらフランツィスカの目がグルグルと回っている。式部会の姫宮紫苑は対照的に笑っていた。和服で学園に来ている人がいるのだから、別にメイド服であろうと構わないだろう。毬乃の年増もメイド服で良いと言っていた。

またその様子を見ていたご主人様もこっそり笑っていた所を見るに、多分彼女たちには冗談を交えて接して良いのだろう。

二人を見て私はご主人様に耳打ちする。

「ご主人様、もしや新たな奥様候補でしょうか？」

「違えよ、ななみは俺をなんだと思っているんだ……」

ご主人様はそう仰っていたが果たして本当にそうなのだろうか。

「失礼致しました、冗談はこの辺にしておきましょう」

まあ、どれだけ奥様候補が増えたところで、私がする事は変わらない。私の優位も変わらない。

私はメイドナイトであり天使である。そしてご主人様と私だけの契約がある。それはご主人様とのある意味一方的な契約だ。しかし他の誰にもない、私だけが持っているご主人様との契約。他の誰にも手に入れられない、この契約。

ダンジョンで働きダンジョンで死ぬ。それだけのメイドナイトだった。しかしご主人様は私に自由を与えようとしてくれた。

だから私は自由に生きる。

自由にして良いのだから私はご主人様のそばに居よう。

ご主人様との冗談の言い合いが好きである。くだらなくて、思わず言った自分が笑ってしまうような事に、小気味良いツッコミを挟んでくれて、それが私の心を満たす。

ご主人様のお世話は好きである。ご主人様と一緒にいるだけで幸せである。

この場所をこのメイドという役割を、私は譲るつもりはない。私はご主人様のためにすべてを捧げよう。いえ、捧げたいのだ。もしご主人様が最強になりたいのであれば、私がそれを支えるのだ。他人思いすぎて自分を犠牲にしてしまうご主人様を、私が支えるのだ。

スカートをつまみ、一礼する。

私はこの立ち位置を誰かに明け渡すつもりはない。ご主人様のおそばでお仕えするのは私だ。たとえ奥様候補が増えようと、変わらない。たとえそれがどんなに強者であろうとも、私はこの場を譲らない。

ここが私の居場所なのだ。

「私、世界最強へ至るご主人様にお仕えしております、美少女メイドななみでございます。以後お見知りおきを」

あとがき

ごきげんよう、入栖です。

——謝辞——

一巻に引き続き相変わらず素晴らしいイラストを描いてくださった神奈月昇先生。誠にありがとうございます。Web版と設定を変えたキャラもいたので混乱されたかと思います、その点は申し訳ございませんでした。

ボイスドラマでは島﨑信長様、M・A・O様そして音響様、皆様のおかげで素晴らしい出来映えに仕上がりました。ありがとうございます。特に声優のお二方は『エロゲの友人キャラに転生〜』なんて地雷臭しかしないタイトルの作品なのに、出演をご快諾いただき感謝の念に堪えません。

SHUFFLE!コラボではNavelのスタッフ様、そして一巻の際にイラストを描いてくださった西又葵先生。自分がエロゲにハマるきっかけとなった作品の一つに関わることができ、感無量です。誠にありがとうございました。

また応援イラストを描いてくださったしんたろー先生、思わずにやけてしまうような可愛いリュディをありがとうございます！

そして編集の宮川(みやかわ)様、今回は多大なるご迷惑をおかけしました。申し訳ございません、ありがとうございます。次回はクッソ面白くなる代わりに更に加筆しそうな予感です。え、ページ数ですか……なんですかそれ（遠い目）。

最後に、買ってくださった皆様。応援してくださってる皆様。誠にありがとうございます。

──次回予告、おしらせ──

第三巻はついにあのシーンが来ます。ええ、Ｗｅｂ投稿サイトにて、夢かな？　だなんて思うポイントをたたき出し日刊一位を獲得した、あのシーンです。

それを数倍強化して、皆様のもとへ送り出します。覚悟していてください。

またＷｅｂ版では語られない、雪音(ゆきね)先輩のストーリーを追加する予定です。先輩ファンでない人はファンになるような、ファンの方はもっと先輩を好きになるような、そんな追加ストーリーを考えております。ご期待ください。でもページ数のことは言わないでください、お願いします。

また緋賀(ひが)ゆかり先生によるコミカライズ企画も進行中です。こちらも応援よろしくお願いします！

入栖

マジエクをこれからも
よろしくお願いします!
神奈月昇.

マジカル★エクスプローラー
エロゲの友人キャラに転生したけど、ゲーム知識使って自由に生きる2

著　入栖

角川スニーカー文庫　22062

2020年3月1日　初版発行

発行者　三坂泰二

発　行　株式会社KADOKAWA
〒102-8177 東京都千代田区富士見2-13-3
電話　0570-002-301（ナビダイヤル）

印刷所　旭印刷株式会社
製本所　株式会社ビルディング・ブックセンター

●お問い合わせ
https://www.kadokawa.co.jp/（「お問い合わせ」へお進みください）
※内容によっては、お答えできない場合があります。
※サポートは日本国内のみとさせていただきます。
※Japanese text only

Printed in Japan　ISBN 978-4-04-108372-7　C0193

★ご意見、ご感想をお送りください★
〒102-8177 東京都千代田区富士見 2-13-3
株式会社KADOKAWA　角川スニーカー文庫編集部気付
「入栖」先生
「神奈月 昇」先生

[スニーカー文庫公式サイト] ザ・スニーカーWEB　https://sneakerbunko.jp/

Next Scene
次回予告
Magical Explorer 3
劣等生がツクヨミ魔法学園を震撼させる!?
瀧音幸助の伝説は、
ここからはじまる――
マジカル★
エクスプローラー
—Title
Magical Explorer
エロゲの友人キャラに転生したけど、
Reincarnated as a Eroge Hero's Friend,
ゲーム知識使って自由に生きる
I'll live freely with my Eroge knowledge.
Volume
3
2020年初夏、発売予定!!
最新情報は特設サイトで!

「あームカつく、
こんなのが実力者なんてっ」
加藤里菜（かとうりな）
『マジエク』ゲームパッケージに写るメインヒロイン。勝気な性格で貧乳を気にしている。

ななみ
ダンジョンマスターを補佐するために作られたメイド。天使という珍しい種族。

「堕天使ななみ……爆

瀧音幸助
「おいおい、これでもちゃんと訓練してんだぜ？」

Chapter Select　目次

Magical Explorer 2

Illustration: 神奈月昇

Design Work: 杉山絵（草野剛デザイン事務所）

Character
「あら、ベニート君」
「こんにちは、ベニートさん」
モニカ
『生徒会』の『会長』を務める。『マジエク三強』の一人で、ゲームパッケージに写るメインヒロイン。
ステフ
『風紀会』の会長職『隊長』を務める。法国の聖女。美しく心優しいため、学園生から人気があるが……？

「やあ、どうしたんだい？
生徒会長に風紀会長がそろい踏みで」
ベニート
『式部会』の会長職『式部卿』を務める。学園生から嫌われているが、エロゲプレイヤーからは人気が高い。

Magical Explorer 2

マジカル☆エクスプローラー エロゲの友人キャラに転生したけど、ゲーム知識使って自由に生きる2

入栖
—Author
Iris

神奈月昇
—Illust
Noboru Kannatuki